AF193673

Cancerbero

Cancerbero

Tomás Aspe López

Círculo Rojo
EDITORIAL

Primera edición: Enero 2024

Depósito legal: AL 18-2024

ISBN: 978-84-1061-368-3

Impresión y encuadernación: Editorial Círculo Rojo

© Del texto: Tomás Aspe López
© Maquetación y diseño: Equipo de Editorial Círculo Rojo
Editorial Círculo Rojo

www.editorialcirculorojo.com
info@editorialcirculorojo.com

Impreso en España — Printed in Spain

El papel utilizado para imprimir este libro es 100% libre de cloro y por tanto, **ecológico**.

A Amali, mi mujer y compañera, por su apoyo y estímulo.

A mis hijos, Aitor y Maitane, por creer en todo momento que fuera posible.

A Begoña, por regalarme su tiempo en valorar la obra y ayudar a mejorarla con sus acertados comentarios.

PRÓLOGO

Para la mayoría de los seres humanos su vida transcurre de forma lineal. Su trayecto vital dibuja una línea gruesa sobre el folio en blanco del espacio-tiempo. Nace, se desarrolla en la infancia, en la adolescencia se perfilan su aspecto físico y su personalidad, en la juventud se construyen los pilares de lo que será como individuo adulto, los primeros amores, los primeros proyectos. Llegada la madurez se alcanza la meseta de la vida: familia, amigos, trabajo. Y lentamente se desciende hacia el final del camino.

Este recorrido no está exento de trabas y percances. Sucesos que alteran momentáneamente su discurrir, solventados, con mayor o menor fortuna, para seguir adelante. Sin embargo, en ocasiones, puede que sucedan hechos que por su relevancia o impacto alteran o incluso modifican esta trayectoria vital marcando un nuevo camino, un nuevo recorrido.

Esta es la crónica de uno de estos acontecimientos. Durante años he ido recopilando toda la información relatada por aquellas personas que lo vivieron y participaron. Un mosaico de relatos que, uniendo tesela a tesela, muestra una imagen completa de lo sucedido.

Sirva, también, esta narración para agradecer y honrar a todos aquellos/as hombres y mujeres que de una forma callada y desinteresada están dispuestos a modificar su trayectoria vital si con ello pueden beneficiar a sus seres queridos y a todos en general.

Esta es su historia.

MAITANE.

CAPÍTULO I. BUENA VECINDAD

Jon detiene su coche a la altura del número 43 de la calle Doctor Norberto Acebal. Es un edificio típico del barrio de trabajadores donde se ubica, personas esforzadas y poco dadas a muchos líos, un inmueble un tanto gris, sin pretensiones. Al abrir la puerta del vehículo una ráfaga de aire cálido le abofetea el rostro, «esta ola de calor parece que no tiene fin», reflexiona Jon. Lentamente desciende del coche, como si su cuerpo a estas primeras horas de la mañana no quisiera despertarse del todo. Pausadamente se dirige a la entrada del edificio.

Una pareja de ertzainas mantiene acordonada la zona, conteniendo a una distancia prudencial al reducido grupo de personas que se encuentra aglomerado en sus inmediaciones. Se respira un aire triste, los comentarios en voz baja transmiten un clima de estupor y profunda sorpresa.

Jon saluda a los policías de la entrada.

—¡Buenos días! ¿Sabéis dónde está mi equipo?

—¡Egun on, inspector! Están en el cuarto piso, mano derecha.

—Eskerrik asko —responde accediendo al interior del edificio.

Al fondo del portal se adivina el ascensor. Jon se dirige hacia él. Se introduce en el elevador con intranquilidad, no sería la primera vez que estos viejos ascensores le dan un susto. Pulsa el botón señalado con el número cuatro y una ligera sacudida anuncia su puesta en funcionamiento. El ascensor se detiene en la planta señalada. Jon accede al rellano y se dirige al piso de la derecha, cuya puerta se encuentra custodiada por un agente uniformado. Le saluda con un movimiento de cabeza y penetra en su interior.

Nada más traspasar el umbral accede a un largo pasillo, en medio del cual se encuentra tendido en el suelo un cuerpo sobre un gran charco de sangre. A su alrededor un grupo de personas se afanan por tomar fotografías, muestras y notas. Entre ellas distingue a su compañero Mikel, al que se acerca silenciosamente.

—¡Egun on, Mikel! ¿Qué tenemos?

—¡Egun on, jefe! Qué susto me ha dado —le responde sobresaltado—. Pues bien, parece ser que a primeras horas de la mañana el perro de la víctima, la señora Elvira Zárraga, tenía prisa por bajar a la calle a hacer sus necesidades y por lo tanto ha comenzado a ladrar. Esto ha debido molestar mucho a su vecino del quinto, el señor Antonio Gutiérrez, quien bajando de muy malos modos en cuanto la señora ha abierto la puerta, el señor Gutiérrez se ha liado a darle puñaladas como si no hubiera un mañana.

—Un poco de respeto, Mikel, que estamos ante el cuerpo de la víctima.

—Perdone, jefe, pero no lo digo yo, lo dice el forense, que ha contado hasta dieciocho puñaladas. Un poco excesivo, ¿no le parece?

—Sí, quizás tengas razón. Aunque una sola puñalada ya es excesivo. ¿Y los vecinos qué dicen?

—Ane les está tomando declaración.

—¿La víctima vivía sola? ¿Tiene familiares?

—Elvira era una señora viuda desde hace más de quince años —responde Mikel consultando sus notas—. Tiene una hija que vive en Barcelona, el psicólogo se va a poner en contacto con ella para darle la mala noticia. La única compañía que tenía era su fiel perro Rufián, al que adoraba como si fuera su hijo. Se hacían mucha compañía. El perro ha sido recogido por el departamento municipal de protección y asistencia animal. ¡Pobre chucho!

Ane hace su aparición en la puerta de entrada de la vivienda. Es joven, veintiocho años, morena, su media melena enmarca su fino rostro destacando unos grandes y profundos ojos negros. Jon ya se había dado cuenta de que cada vez que aparecía, Mikel se mostraba algo nervioso, que le costaba apartar su mirada de ella. Lo sentía por él, ella había comentado varias veces anécdotas de su novio.

—Buenos días, Ane, ¿qué has podido averiguar?

—Buenos días, señor. Haciendo un resumen rápido… nadie se lo explica. Según todos los vecinos el Sr. Antonio Gutiérrez es un señor muy amable y atento con todos. No parecía tener ningún problema con ningún copropietario. En numerosas ocasiones solía coincidir en la calle con la Sra. Elvira mientras paseaba al perro, manteniendo largas y animadas conversaciones. En los últimos seis meses, desde que el Sr. Antonio se quedó viudo, los paseos y la compañía entre los dos aumentó y todo el mundo los veía como dos buenos amigos que se acompañaban. Los vecinos no se explican lo que ha hecho Antonio, y menos aún que la víctima sea Elvira.

—Bueno, si este señor enviudó recientemente puede que haya sufrido una depresión que lo haya trastornado. La añoranza por un amor perdido y la soledad son muy malas compañías —comenta Mikel mirando detenidamente a Ane.

—No parece que este ataque con dieciocho puñaladas sea producto de un depresivo, más parece obra de un iracundo —reflexiona Jon.

—¡Iracundo!, jefe. Vaya palabro. Cuanto más trabajo con usted más sorprendido estoy. Lo que se aprende en su presencia.

—Mikel, a veces no sé si hablas en serio o si me estás tomando el pelo. Me refiero a que no concuerda la forma de proceder de un depresivo con esta saña y violencia.

—Bueno, teniendo en cuenta que Antonio podría estar todavía en proceso de luto por su mujer, añadido al malestar generado al no poder descansar por los ladridos del perro, téngase en cuenta que las ventanas estaban abiertas para aliviar la ola de calor, puede ser que todo junto superara su umbral de cordura —añade Ane.

—Puede ser…, puede ser —comenta pensativo Jon—. ¿Qué más declaran los vecinos? ¿Se le ha tomado declaración al agresor?

—El caso parece claro, señor. Los vecinos, al escuchar los gritos de Elvira, corrieron a su domicilio y varios testigos manifiestan que el agresor, el Sr. Antonio, se encontraba arrodillado junto al cuerpo de la víctima con el cuchillo en su mano chorreando sangre, sus ropas igualmente cubiertas de sangre. De repente, los miró y acto seguido sufrió un desvanecimiento que no ha superado hasta llegar los servicios de emergencias —responde Ane.

—Por mi parte, jefe, decirle que he entrevistado al agresor y manifiesta que no se acuerda de nada. Según él, se acostó a medianoche, se durmió profundamente y se ha despertado súbitamente esta mañana rodeado del personal del servicio de emergencias. No se lo explica y dice una y otra vez que él no ha sido y que todo se debe tratar de un tremendo error.

—Tal vez tengáis razón —evalúa Jon después de reflexionar un breve instante—. Parece que el caso está claro. De todas formas, conviene que le realicen un examen psicológico y psiquiátrico. Además de pruebas toxicológicas por si hubiera restos de alcohol y drogas.

—Eso está hecho, jefe, yo me encargo.

—Gracias, Mikel. Recoged toda la información disponible y adjuntadla al expediente. En la comisaría nos vemos.

—¡Sí, señor! ¡Sí, jefe! —exclaman al unísono Ane y Mikel.

El inspector abandona la vivienda. Desciende las escaleras desde el cuarto piso, así le da más tiempo para pensar y no tiene que subir a ese ascensor del que no se fía.

En la calle observa como el grupo de personas reunidas ha aumentado considerablemente. Apenas se escuchan unos ligeros cuchicheos. El ambiente es de tristeza, profundo respeto y también, por qué no decirlo, curiosidad. En una esquina un reducido grupo de individuos ora en silencio.

A pesar de lo que opinan sus colaboradores, a él no le cuadran del todo las piezas. Un crimen sin móvil, sin beneficio alguno, solo explicable por un acto de locura transitoria. Puede ser, a veces ocurren estas cosas, aunque en otras ocasiones se acuerda esta explicación cuando no se encuentra otra mejor.

CAPÍTULO II. UN DÍA CUALQUIERA

El reloj del salpicadero del coche marca las siete y cuarto. En el exterior las primeras luces de la mañana iluminan con fuerza lo que se intuye que va a ser un bonito y cálido día de verano.

Como todos los días a esta hora, Jon se encuentra atrapado en la larga caravana de coches camino a su trabajo. La radio lo acompaña con música y con las primeras noticias de la mañana. La previsión del tiempo anuncia que continuará la ola de calor y su más que probable persistencia a lo largo del verano.

Entre pequeños acelerones y frenazos hay momentos en los que, producto del aburrimiento, su mente se abstrae y reflexiona sobre su vida, su pasado y su futuro. Hubo un tiempo en que se sentía un hombre feliz, siendo consciente que la felicidad absoluta no existe, pero se podría decir que se consideraba lo que cotidianamente la gente entiende por un hombre feliz. Acertó de lleno al elegir a su primera novia, Amaia. Se casaron hace ya veinticinco años y no había día en el que no se sintieran enamorados, como la primera vez. Pero todo cambió aquel maldito veintidós de febrero de hace tres años. Se cruzó en su camino un desgraciado accidente de coche. Regresaban de Vitoria-Gasteiz una noche oscura como el abismo. En el puerto de Altube una densa niebla los rodeó por completo.

No lo vio, «juro por Dios que no lo vi», resuena en su mente como un martillo una y otra vez. Un enorme jabalí parado en medio de la autopista, tan desorientado como ellos. Volantazo, salida de la carretera, varias vueltas de campana y la desolación.

Casi una hora de angustia y sufrimiento. El tiempo que tardaron en acudir los servicios de emergencia. Atrapados y encerrados en el amasijo de hierros en el que se había convertido el coche, «nunca superaré la tortura de ser testigo, de contemplar cómo se le escapaba a Amaia la vida suspiro a suspiro, sin poder hacer nada. Absolutamente incapaz, absolutamente impotente».

A sus cincuenta y cinco años, puede alardear de gozar de una aceptable salud física, pero emocional y psíquicamente se siente roto, incompleto. Es consciente de que quizás no alcanzará de nuevo la felicidad, que es un barco varado en la playa sin posibilidad de navegar de nuevo aunque soplen vientos favorables. Para los demás la secuela más visible es su pánico a entrar en espacios cerrados sin disponer de una salida rápida al exterior. El ejemplo más evidente son los ascensores, quizás porque de alguna manera le recuerdan al interior hermético de un coche.

Gracias a Dios, Amaia le dejó el mejor regalo, sus dos hijos. Lander, con veintitrés años, que acaba de terminar los estudios de Ingeniería y Maitane, con veintiuno, que estudia Psicología. Son la alegría de la familia y su orgullo. Los quiere profundamente, como solo un padre puede querer a sus hijos.

En el trabajo se encuentra razonablemente satisfecho, aunque con el paso de los años también un poco cansado. Estudió Derecho, pero al acabar y realizar las primeras prácticas profesionales se dio cuenta de que aquello no era realmente lo suyo. Siempre ha sido un hombre más de acción que de despacho, así que pensó que haría un mejor servicio a la sociedad como policía que como abogado. Se presentó a las oposiciones de la Ertzaintza y desde entonces realiza esta labor, primero como agente de calle y poco a poco, gracias a su preparación académica, a su esfuerzo y trabajo, ha llegado a su actual cargo: inspector jefe de un equipo de homicidios.

El cartel indicativo de la autovía que marca la próxima salida a la Comisaría Central de la Ertzaintza le extrae de su abstracción. Por fin puede abandonar esta caravana de coches que es una prueba diaria de paciencia.

Jon toma el desvío y se acerca a la barrera de entrada, una vez identificado esta se abre. Aparca en el estacionamiento y se dirige a paso ligero al edificio situado enfrente accediendo a su interior. El ascensor se detiene en el tercer piso, donde se encuentran su departamento y su despacho.

—Egun on, Jon —le saluda el primer compañero que se cruza con él—. ¿Ya te has librado de la caravana?

—Egun on, Ander. Sí, por hoy ya pasó. Mañana la sufriremos de nuevo.

Con paso decidido se dirige a su despacho, donde lo espera un escritorio lleno de papeles, «un día tengo que darle fuego a la mitad de papeles y la otra mitad tirarlos a la basura». Se sienta en el sillón e inicia la labor de ordenar, clasificar y eliminar.

El timbre del teléfono lo libera momentáneamente de esta aburrida tarea. Descuelga.

—¿Sí? ¿Dígame?

—¿Inspector Urrutia?

—Sí, soy yo. ¿Quién es?

—Buenos días, inspector. Mi nombre es Arantza Uriarte y trabajo como periodista del *Correo* en la sección de sucesos.

Jon no responde, está un poco desconcertado, necesita más información.

—Llamaba —continúa Arantza— en relación al suceso que aconteció ayer en la calle Dr. Norberto Acebal, número 43, de Retuerto-Barakaldo. —Jon continúa sin decir nada—. ¿Me podría ampliar información de lo sucedido? ¿Cuáles creen ustedes que fueron las causas de este presunto asesinato? ¿Cuál es el estado de la investigación? ¿Qué novedades hay?

—Mire, Sra. Uriarte —responde por fin—, como usted sabrá no puedo desvelar ninguna información del caso. Todas las investigaciones son secreto de sumario y nuestra obligación como agentes de la autoridad es velar por que esto se cumpla.

—Soy consciente de ello, Sr. Urrutia, pero solo le pido que me aporte sus propias impresiones y su parecer al respecto, nada oficial. Digamos, de forma extraoficial.

—Lo lamento mucho, pero le vuelvo a decir que no puedo adelantarle nada. —«Qué tía más pesada»—, ni datos, ni impresiones, ni opiniones.

—Inspector, me gustaría apuntar que la buena relación y colaboración entre la Policía y la prensa han supuesto muchas veces avances importantes en las investigaciones, e incluso algunas resoluciones de casos.

—Tomo nota de ello, y si fuera necesario me pondría en contacto con usted. —«Que no creo», piensa Jon.

—Muy bien, le doy las gracias por su interés, pero como comprobará suelo ser bastante insistente en el seguimiento de los casos, así que en breve me pondré nuevamente en contacto si no le parece mal. —«Me ha tocado un hueso duro de roer», medita Arantza.

—Está en su derecho, Sra. Uriarte, aunque ya le anticipo que no creo que le pueda adelantar ningún tipo de información. Un saludo y que tenga un buen día.

Rápidamente cuelga el teléfono.

«Lo que me faltaba», reflexiona, «la prensa dando vueltas sobre este asunto. Seguro que lo lían todo, sacan falsas interpretaciones, publican opiniones de "expertos" que difieren unas de otras y al final perjudican nuestro trabajo».

En ese instante, asoma la cabeza del subinspector Mikel por la puerta.

—Jefe, la comisaria desea verle en su despacho.

—Gracias, Mikel. Enseguida voy. —«¡Vaya!, el día completo, ¿qué querrá ahora la comisaria?».

Se levanta lentamente de su sillón y se dirige con paso tranquilo al despacho de la comisaria Maite Artetxe.

Ha mantenido alguna diferencia profesional con Maite, pero la verdad es que la respeta mucho. Es una mujer de mediana edad que ha trabajado y se ha esforzado más que los demás para estar donde está. No es fácil en el mundo de hombres que es la Policía que una mujer destaque por su trabajo y profesionalidad, y más difícil aún que se lo reconozcan. Por eso, para él Maite goza de todo su respeto y reconocimiento.

Absorto en esas reflexiones, y sin percatarse de que se ha plantado en la misma puerta del despacho de la comisaria, la golpea suavemente con los nudillos y la abre ligeramente para hacerse ver.

La comisaria se encuentra hablando por teléfono, pero cuando por el resquicio de la puerta percibe la figura de Jon le hace una señal para que entre indicándole con un gesto que se siente en la silla frente a su mesa.

La comisaria da por finalizada la conversación telefónica y cuelga el aparato. Por unos breves instantes observa al inspector con esa mirada inteligente, tan suya, de recabar información.

—¡Egun on, Jon! ¿Cómo va el caso de Norberto Acebal 43?

—Estamos trabajando en ello, comisaria. Esperamos los informes del forense y los análisis toxicológicos.

—Por lo que he oído parece que está clara la causa de la muerte de la víctima.

—Según diría el subinspector Mikel Zabala, de muerte natural.

—¿De muerte natural?, ¿con dieciocho puñaladas?

—Pues eso, con dieciocho puñaladas lo natural es morirse.

Se hace un pequeño silencio. «He metido la pata hasta el fondo. No me conviene estar demasiado tiempo con Mikel, me pega sus tonterías».

—Inspector, no tiene gracia.

—Tiene usted razón, comisaria, le pido disculpas. Ha sido una falta total de respeto por mi parte que lamento.

—Bien, pasemos a otra cosa. ¿Alguna opinión al respecto?

—Todo parece indicar que estamos ante un ataque muy virulento producido por una persona con un brote psicótico momentáneo, porque no hay antecedentes por hechos parecidos del agresor. De ahí la importancia de contar con los análisis toxicológicos.

—Bien, manténgame informada de todos los avances que se produzcan. ¿Alguna incidencia más digna de añadir?

—Bueno, no sé si será importante, pero me ha llamado una periodista interesada en el caso pidiendo información. Por supuesto no le he comentado nada ni le he pasado dato alguno…

—Bien hecho, inspector. En principio es una buena medida, aunque conviene mantener buenas relaciones con la prensa. Nunca se sabe si en un momento dado tendremos que recurrir a ellos «para ciertas informaciones».

—Tomo nota, señora comisaria. —«¿Mantener buenas relaciones?, ¿eso qué significa? Si le paso información a la prensa está mal porque es información confidencial, y si no la paso también está mal porque no mantengo buenas relaciones con la prensa. Está claro que cuanto más arriba subes más político te haces»,—. ¿Alguna cosa más, señora comisaria?

—No, gracias, inspector. Puede volver a su trabajo. Y ya sabe, ¡manténgame informada!

—Por supuesto. —Jon se levanta de la silla y se dirige a la puerta—. Agur, señora comisaria.

—Agur, inspector.

Jon sale del despacho cerrando la puerta a su paso.

CAPÍTULO III. VUELO NOCTURNO

La luz del televisor ilumina tenuemente la salita de la habitación del hotel. En su pantalla un antílope intenta huir despavorido con quiebros y regates de una manada de leones que lo persiguen implacablemente. Frente a la pantalla, hundido en el estrecho y desgastado sofá, Pablo observa la escena sin inmutarse. Sus ojos clavados en el receptor no pestañean, su mente se encuentra muy lejos. En la mano izquierda sostiene el mando del aparato. En su mano derecha un vaso con unos cubos de hielo flotando en tres dedos de whisky, que mueve suave y rítmicamente de forma inconsciente.

El día ha sido agotador. Por la mañana recibir clientes en el estand de la Feria de Muestras. Hablar, sonreír, hablar, sonreír. A mediodía comida de negocios, hablar, contar chistes, sonreír. A la tarde volver al estand y comenzar de nuevo. A la noche cena de trabajo, hablar, tomar copas y sonreír. Por fin en el hotel, descansar.

Sus recuerdos le retrotraen a aquellos años de juventud en los que, a pesar del esfuerzo y el trabajo, era feliz. Los años de universidad compaginando el empleo a media jornada como camarero y las clases. Cuando conoció a Sofía, la mujer más guapa e interesante del mundo, «tuve que implicarme a fondo para convencerla de que yo iba a ser el hombre de su vida, pero a costa de tanto insistir al final tuvo que aceptarlo. Me arriesgué mucho, me podía haber mandado a la mierda por pesado, pero al final todo salió bien».

Los años de estudios con la preocupación y el estrés de los exámenes. Los largos paseos con Sofía hablando de temas que les parecían extraordinarios, en la más absoluta complicidad. Las fiestas de universidad y los amigos, siempre dispuestos a «montarla» en cualquier lugar y a cualquier hora. Años felices de juventud y libertad.

Las imágenes y recuerdos de Pablo flotan en el ambiente cargado de la habitación como una nave perdida y desorientada en la inmensidad de la niebla.

Acabada la universidad, llegó el momento de encontrar trabajo. No fue difícil con el título de economista bajo el brazo, acostumbrado a trabajar desde joven se desenvolvía con naturalidad. Las primeras prácticas se convirtieron en contratos más estables, a medida que acumulaba experiencia también sus trabajos fueron ganando en importancia y en mejores retribuciones.

Al poco tiempo se armó de valor y le pidió matrimonio a Sofía. Temblaba como una hoja de otoño mecida por el viento temiendo su respuesta, pero por fortuna para él la respuesta fue:

—Sí, sí y sí, estaba preocupada porque parecía que no me lo ibas a pedir nunca o que no te interesaba del todo. —Se fundieron en un profundo beso.

Las semanas y meses fluían según el camino tradicional marcado. Sofía trabajaba como profesora en un colegio y Pablo continuaba ascendiendo en su carrera profesional, primero como jefe de contabilidad y después como director financiero en empresas cada vez más importantes.

A los tres años de su matrimonio nació Alejandro y dos años después Cristina. Junto con su mujer son la alegría de su vida. Una vida feliz, apacible y previsible. Y luego… todo cambió.

«¿Por qué tuve que meterme en aventuras en las que nadie me llamaba? ¿Por qué no pude seguir con mi vida tal y como me venía? ¿Por qué tuve que arriesgarlo todo sin ser consciente de ello?».

Pablo siempre fue una persona curiosa y emprendedora. Su carácter le empujaba a descubrir más allá de los límites conocidos. Reconocer e investigar nuevos territorios. Y si además estas iniciativas le otorgaban pingües beneficios, tanto mejor.

Espoleado por este rasgo de su personalidad, añadido a sus conocimientos profesionales, optó por introducirse en el campo de las inversiones financieras. Pequeñas cantidades al principio en fondos y acciones de solvencia reconocida. Posteriormente, y a medida que obtenía ganancias adentrándose lentamente en el campo de las inversiones de mayor riesgo, con mayor rentabilidad.

El punto de inflexión definitivo llegó en el momento en el que entraron en escena las inversiones en criptomonedas y otros activos digitales. Pablo se inició en este mercado con cautela, pero como en otras inversiones fue aumentando su participación paulatinamente a medida que obtenía beneficios. El plan era perfecto, conseguía préstamos de los bancos, con ellos invertía en activos digitales que vendía posteriormente a un precio muy superior a su compra, devolvía los préstamos y se quedaba con la diferencia.

Su vida y la de su familia cambiaron. Vendieron su modesta casa en un barrio de clase media de Madrid, se instalaron en un acomodado chalet de las afueras, con terreno y piscina. Coche de alta gama y cuota de entrada en el lujoso «club social» del barrio. Los sábados a la mañana, partido de golf con algunos de los vecinos más conocidos, empresarios de éxito, banqueros y otros que no sabía muy bien a qué se dedicaban, ni ellos tenían intención de contarlo. Los domingos Sofía disfrutaba de su partido de tenis con las amigas del club. Alejandro su partido de hockey sobre hierba. Cristina su natación y sus clases de hípica.

«Cuanta tontería», piensa.

El cambio de vida de Pablo y su familia no pasó desapercibido para los familiares y amigos más cercanos. Muchos de ellos, intrigados por esta transformación tan repentina, interrogaban a Pablo, de una forma más o menos velada, sobre el origen de dicho cambio. Pablo nunca fue un hombre excesivamente avaricioso, sino más bien generoso, por lo que no ponía ningún reparo en comentar, sin entrar en detalles, el éxito de sus inversiones.

El sano deseo de prosperar, la envidia o la avaricia, que nunca se sabe, empujaron a muchos conocidos de Pablo y su familia a solicitarle, casi suplicarle, que les hiciera partícipes de este nuevo «El Dorado». Como no podía ser de otra manera, accedió.

«Me confundí completamente. Pequé de vanidad. ¿Cómo negarse a ser el Rey Mago, el Papá Noel que cumple todos los sueños y deseos de tus personas más cercanas? No lo quería todo para mí. Nunca piensas que las ensoñaciones puedan acabar, das por hecho que las alegrías y los buenos tiempos van a perdurar para siempre. Vana ilusión. Todo cambia, nada permanece».

Y la situación cambió. Las criptomonedas y las inversiones se desplomaron de un día para otro. Pablo se encontró sin liquidez para afrontar sus obligaciones de pago con las entidades financieras. Sus acreedores le perseguían a todas horas exigiendo el reembolso de sus inversiones. Tenía que esconderse de familiares y amigos, para los que no hace demasiado tiempo era su ídolo y hombre de confianza. Con solo pensarlo Pablo se veía como el antílope al que despedazaban los leones en la pantalla de la televisión.

Tuvieron que vender el chalet de terreno y piscina, el coche de alta gama e irse de alquiler a un barrio modesto de Madrid donde no les conocieran. Los chicos, Alejandro y Cristina, cambiaron del colegio privado al instituto. No más hockey, ni hípica ni fiestas en el club. Todavía no se lo han perdonado, espera que algún día le vuelvan a hablar. Sofía lo llevó mejor, en un primer momento acusó el golpe y también durante unas semanas le dejó de hablar, pero luego, poco a poco, lo fue asumiendo y al llegar al barrio se integró rápidamente. Tenía experiencia.

«Han sido días difíciles y momentos complicados, espero que Sofía alguna vez pueda perdonarme. Daría parte de mi vida para ganarme nuevamente la confianza de ella y de los chicos».

Pablo ha terminado con la copa de whisky. Se olvida por un momento de sus reflexiones y ensoñaciones. Vuelve a la realidad. Observa el televisor.

«Vaya una mierda de programación. Qué a gusto me fumaría un cigarrillo para aliviar las penas. Tendría que haber cogido una habitación de fumadores. Bueno, si abro la ventana y me asomo a fumar, no tiene por qué enterarse nadie. Al menos nadie que me importe».

Lentamente Pablo extrae un cigarrillo del paquete situado sobre la mesita, toma el mechero y se levanta del sofá. Se acerca a la ventana, la abre, enciende el cigarrillo, da una profunda calada, una larga columna de humo sale de su boca perdiéndose en la profundidad de la noche.

***

La luz de los focos rompe la obscuridad reinante. Su potente resplandor ilumina una parte de la acera donde se halla tendido un cuerpo cubierto con una lona. A su alrededor varios policías toman fotos y notas. Fuera del espacio acordonado se arremolina un grupo variopinto de personas atraídas por la curiosidad.

El inspector Urrutia se abre camino entre los curiosos y accede al interior de la zona protegida. Mikel y Ane levantan la mirada, observan como se dirige hacia ellos.

—¡Gabon, jefe! ¡Pensábamos que estaba en casa! —exclama Mikel.

—Y estaba…, pero he oído por la emisora lo que ha pasado y he decidido acercarme para tener más información. ¿Qué ha sucedido?

—Kaixo, inspector —saluda Ane—. Todo parece indicar que se trata de un suicidio.

—Pablo López. Residente en Madrid. Se ha lanzado al vacío desde su habitación en la quinta planta —apuntilla Mikel.

—Es evidente que los dos dais por hecho que se trata de un suicidio. Venga, dadme información, pruebas, hechos que respalden vuestra teoría.

—De acuerdo, jefe —comenta Mikel—, aquí van algunos hechos. Hemos tenido que acceder a la habitación del finado con la tarjeta maestra de la dirección del hotel porque la habitación estaba cerrada. Dentro no había señales de lucha ni de violencia, todo está normal. La televisión encendida y una silla situada junto a la ventana, que con toda seguridad es la que utilizó para subirse y lanzarse.

—La ropa, los utensilios de aseo personal del baño, todo está en su sitio —añade Ane—. No hay ninguna señal de que alguien buscara o revolviera entre las cosas. Incluso hay unos paquetes envueltos como regalo que son los típicos souvenirs que se llevan a la familia cuando realizas un viaje de trabajo.

—¿No ha dejado ninguna nota de despedida o de explicación de su decisión?

—No, jefe. No hemos encontrado nada.

—¿Alguna persona le ha visto antes de que se produjera el fatal desenlace?

—Sí, la recepcionista del hotel, Lourdes. Se encuentra profundamente afectada. Ahora mismo íbamos a tomarle declaración.

Los tres se dirigen hacia una mujer de mediana edad apoyada en la pared próxima a la entrada al hotel. Con la vista fija en el suelo, fuma nerviosamente.

—¿Lourdes? —pregunta el inspector.

—Sí, sí, soy yo —responde la recepcionista apenas con un hilo de voz.

—El inspector Jon Urrutia, el subinspector Mikel Zabala y la agente Ane Barrenetxea.

La mujer levanta la cabeza y les dirige una mirada ausente, perdida.

—Lamentamos lo sucedido y comprendemos su situación, pero no tenemos más remedio que hacerle algunas preguntas —comenta el inspector lo más amablemente posible.

—Sí, lo entiendo —confirma con un movimiento afirmativo de cabeza.

—Díganos, ¿cuando le entregó la llave de la habitación pudo hablar con el cliente? ¿Notó algo raro o extraño?

—El señor López llegó sobre las once treinta de la noche. Era un cliente muy amable, siempre correcto con el personal del hotel. Comentamos el calor que hacía estos días y que se iba a descansar porque había tenido un día muy intenso. No percibí nada fuera de lo habitual, excepto los regalos que llevaba bajo el brazo.

Jon permanece pensativo unos momentos reflexionando. Mikel y Ane lo observan con curiosidad. Se escrutan mutuamente, preguntándose con la mirada qué estará maquinando su jefe en una cuestión tan clara.

—Muchas gracias por la información, no la molestamos más, puede ir a descansar —se despide de ella dirigiéndole una sonrisa de comprensión y ánimo.

Tras unos cortos pasos que los alejan de la recepcionista, y unos breves segundos de silencio, Jon comenta lentamente, en voz baja, más como fruto de sus reflexiones que como indicaciones a sus subordinados:

—Es decir, resumiendo brevemente. Pablo López llegó al hotel a las once treinta de la noche. Nadie percibió nada raro en su comportamiento. Ninguna muestra de depresión, desesperación o locura. Se lanzó al vacío desde su habitación sobre las doce y cuarto. No hay nota de suicidio ni de despedida. Horas antes compró unos regalos para su familia. ¿Quién compra unos regalos antes de suicidarse sabiendo que no los vas a entregar?

Nuevamente el silencio se impone en el grupo. Mikel y Ane necesitan unos segundos para procesar lo escuchado.

—Entonces, jefe, ¿cómo se puede asesinar a alguien sin estar en la habitación?

—Imagina, Mikel, por ejemplo, que Pablo recibe una video-llamada en la que le muestran a su familia secuestrada y le amenazan con eliminarles a todos si no se lanza al vacío. Si no lo hace, primero hacen desaparecer a toda su familia y posteriormente ya encontrarán el lugar y el momento de asesinarle, o le dan la opción de que se suicide voluntariamente y respetarán a su familia.

—No había pensado en esa posibilidad —comenta Ane—. Quizás un poco rebuscada y novedosa.

—No lo creas, Ane, en la antigua Roma ya se empleaba este sistema en las clases más poderosas y en la alta política. Sin videollamada, por supuesto.

—Pensándolo bien —agrega Mikel—, es el crimen perfecto. No hay huellas en la escena del crimen, ni ADN, ni imágenes del agresor, ni nada de nada.

—Por eso tenemos que investigar lo sucedido entre las once treinta y las doce y cuarto de la noche. Ane, tu revisa todas las comunicaciones que rodearon a la víctima en ese espacio de tiempo, llamadas internas del hotel, teléfono móvil, internet, etc., y tú, Mikel, ponte en contacto con la Policía en Madrid para recabar más información de Pablo López, situación personal y familiar, posibles deudas, enemigos potenciales, etc.

—Perfecto, jefe, nos ponemos a ello.

—Bien, cuando tengáis toda la información ya la estudiaremos en la comisaría. Otra cosa, entre la gente que se arremolina fuera para ver el espectáculo hay un grupo que parece ultra religioso. En el caso de la Sra. Elvira también los vi, quizás no sea nada, pero conviene que hagáis algunas indagaciones sobre ellos.

—Por supuesto, jefe, no se preocupe que nosotros nos encargamos.

Acto seguido el inspector se da la media vuelta y se aleja con paso rápido y decidido. Mikel y Ane observan cómo va desapareciendo en la oscuridad de la noche.

—Es impresionante la cantidad de cosas que se aprenden trabajando con él. ¿Siempre es así de concienzudo y meticuloso?

—Siempre. Es una persona muy analítica y con los pies bien pegados al suelo. Para él solo existen los hechos y las pruebas. Método, método y método.

—¿Es perfecto en todo o tiene alguna debilidad?

—Es perfecto en todo salvo que le encierres en un ascensor angosto o que le tengas a oscuras, y ya si se encuentra en un ascensor estrecho y a oscuras tienes el lote completo.

Ambos se lanzan una mirada de complicidad y sonríen. Esa sonrisa de Ane le vuelve loco. En ese mismo instante una idea le invade todos sus pensamientos: «¿Y si aprovecho esta ocasión de buen rollo para lanzarme a la piscina?».

—Escucha, Ane. Como ya estamos acabando, ¿qué te parece si antes de ir a casa hacemos una parada en algún sitio para tomarnos una copa? Nos vendría bien para relajarnos antes de descansar.

—Te lo agradezco mucho, pero hoy no podrá ser. He quedado con Iker y ya llego muy tarde. Iker no es precisamente una persona que le guste esperar, se pone muy nervioso.

—Vaya, cuánto lo siento. No pasa nada. Otra vez será.

—Sí, si no te importa lo dejamos para otro día.

Los dos bajan la mirada a sus cuadernos de notas y en silencio continúan con su trabajo.

CAPÍTULO IV. UN BUEN AMIGO

«Por fin viernes. Ya era hora de que llegara este día. Qué semana más larga. Estudiar, exámenes, estudiar, exámenes. Vaya una mierda. Cuando acabe los estudios no voy a tocar un puto libro en mi vida».

Oier camina tranquilamente enfrascado en sus pensamientos en esta cálida noche de verano. Sus pasos lo acercan a la lonja que comparte con los amigos. «Menos mal que cuando llega el "finde" podemos reunirnos todos en la lonja y pasarlo bien, haciendo las cosas que nos apetecen sin que nadie nos ponga pegas ni nos vigile. Libertad absoluta».

El local del que disfrutan Oier y sus amigos es una lonja donde el padre de Koldo, Paco, tenía su carpintería. Se le quedó pequeña al mejorar el trabajo y no tuvo más remedio que cambiarse a otra más grande, no muy alejada. Intentó venderla o alquilarla, propósito imposible, el mercado inmobiliario no está en sus mejores momentos.

Koldo aprovechó la situación para pedirle a su padre que se la dejara para estar con los amigos, argumentando que así no estaban en la calle con los peligros que conlleva, drogas, bandas callejeras, robos y peleas. Paco se lo pensó y al final aceptó con varias condiciones. Deberían recoger y limpiar toda la lonja para evitar accidentes. Nada de chicas, Paco no quería que su lonja fuera una especie de bar de copas, que eso siempre genera líos. Y finalmente nada de drogas, tampoco quería que su local apareciera una noche en las noticias como un centro de consumo y distribución. En definitiva, nada de problemas y evitar conflictos con el vecindario.

A Koldo y a sus amigos les parecieron unas condiciones asumibles. Limpiar y adecentar la lonja era cuestión de ponerse a ello, sin más. Lo de las chicas no representaba ninguna dificultad, puesto que no eran precisamente los más populares entre las féminas, que más quisieran ellos. El tema de las drogas era más complejo, ¿qué debería entenderse como drogas?, no eran consumidores de drogas duras como la cocaína y el éxtasis, pero de vez en cuando un porrito no venía mal. Así que decidieron poder consumir bebidas alcohólicas dentro del local y para fumar, lo que sea, salir al exterior, que para eso tenían enfrente una explanada que hace las funciones de plaza y jardín.

Oier se acerca a la puerta. Hay luz en el interior. «Bien, parece que han llegado antes, no soy el primero». Cruza la puerta y ante sus ojos se extiende el local que han adecentado en función de sus gustos.

En un lado se encuentra un tablón que Paco les ha regalado apoyado sobre dos caballetes. En estos momentos se encuentran a sus cuatro lados, sentados sobre sendas sillas, Asier, Natxo, Alex y Gorka. Parece que están jugando a un juego de mesa, puede ser un juego de rol del que son muy aficionados. La mesa es muy versátil, llegado el momento se puede convertir, con un ligero añadido en el centro de una mini red, en una maravillosa mesa de ping-pong.

En otro lado se encuentra un viejo futbolín rescatado de un bar cerrado por defunción del propietario. Las partidas que se han jugado han sido épicas, llenas de furia y pasión, a veces con discusiones, pero sin llegar a las manos.

Al fondo se puede ver la vieja nevera que trajo Asier de su casa cuando la cambiaron por una nueva. «Este antiguo frigorífico para nosotros esconde el más sagrado de los tesoros, es el Arca de la Alianza de Indiana Jones, aquí se guardan las birras, la ginebra, el tequila y el vodka».

Y por último, y quizás lo más importante, una televisión de gran pantalla de segunda mano. Enfrente de ella, de espaldas a la puerta, un viejo sofá con dos viejas butacas rescatadas de los contenedores de basura. Con una ligera limpieza han quedado como casi nuevas. Frente a la pantalla se reúnen todos cada día de partido para animar a su equipo del alma, el Athletic, con sus camisetas, bufandas, cervezas, gritos y cánticos. Cuando no hay partido la televisión sirve de pantalla a la hora de jugar a todo tipo de videojuegos, de los que tienen un buen surtido.

—¿Qué hay, cuadrilla, cómo estáis? —exclama Oier.

—Kaixo, Oier, pasa, estás en tu casa —responden sus amigos.

Oier echa una mirada a su alrededor. Los de la mesa siguen jugando sin levantar la mirada del tablero, están muy concentrados. En el sofá, frente al televisor, David y Koldo se encuentran disputando una competida partida. En la butaca, Aner los acompaña como espectador comentando las jugadas más interesantes. Oier se dirige hacia ellos.

—¿Qué pasa, chavales, cómo va la partida?

—Hola, Oier —responde Aner—. Aquí estos dos. Es la cuarta partida y Koldo le está dando un verdadero repaso. Casi me estoy aburriendo.

—David no es rival para mí —exclama Koldo—. ¡Soy el puto amo! ¡El maestro del videojuego! ¡Toma, otra vida que te quito! ¡Chaval, estás dormido!

David no dice nada. Su cara se ve ligeramente enrojecida. Sus músculos en tensión.

—Así lleva desde la primera partida —apuntilla Aner—. No hay quien le aguante. Va de «sobrao».

—De «sobrao» nada. Soy el mejor, qué le vamos a hacer, es la realidad.

—Necesitas enfrentarte con alguien que esté a tu altura y te baje los humos.

—Mensaje recibido. Cuando acabe esta partida, que no creo que dure mucho, te reto a que ocupes su lugar y te enfrentes con el maestro. Que pruebes la misma medicina.

—Reto aceptado.

David continúa la partida dándolo todo, pero como intuía Koldo no tarda mucho en finalizar. Se le percibe enfadado y contrariado, aunque no lo muestra visiblemente. Es una persona de pocas palabras, de no mostrar fácilmente sus sentimientos, no obstante, en el grupo todos lo aprecian porque saben que en el fondo es buena gente.

—Bueno, Aner, yo me retiro —comenta David—, puedes ocupar mi sitio.

—Sí, eso, deja el sitio a Aner para que sienta en sus carnes cómo se las gasta el maestro —indica Koldo.

David se levanta lentamente del sofá y su sitio es ocupado por Aner.

—Me voy a la calle a fumarme un cigarro, necesito relajarme —comenta David.

—¡Fúmate algo más fuerte, que lo vas a necesitar! —exclama Koldo mientras se ríe de forma ostensible.

David se dirige hacia la puerta mientras Oier ocupa el sillón del espectador comentarista. Todo vuelve a su situación inicial, la velada continúa.

***

La llamada telefónica a primeras horas de la madrugada lo sobresalta. En estos momentos se lamenta de haber dado instrucciones de que lo avisaran si sucedía algo relevante que pudiera estar relacionado con los últimos casos a cualquier hora del día o de la noche.

Al otro lado de la línea, Mikel le transmite una serie de informaciones que a duras penas puede entender dado su grado de somnolencia.

—Vale, Mikel, en quince o veinte minutos estoy allí.

Apaga el teléfono y lo deposita sobre la mesilla de noche.

Jon traspasa la puerta de la lonja. Como en ocasiones anteriores, un grupo de personas se afanan en sacar fotografías y pruebas. En una esquina observa a Mikel y a Ane, que están interrogando a un joven. Se encamina hacia ellos.

—Kaixo, chicos, ¿qué tenemos?

—¡Hola, jefe! —responde Mikel—, siento haberle despertado, pero como nos dio instrucciones tan concretas al respecto.

—No pasa nada, habéis hecho bien. Bueno, ¿me ponéis en antecedentes de lo que ha sucedido?

—Buenas madrugadas, inspector —responde Ane—. Pues bien, estamos en una lonja que utilizan un grupo de jóvenes para su esparcimiento y diversión. Esta noche, como todas las noches de viernes, se reunían para jugar a las cartas y videojuegos.

—Bien. Me hago cargo. La típica lonja de jóvenes, ¿y qué más?

—Por la información que tenemos hasta el momento parece ser que dos de ellos, David y Koldo, estaban jugando a la videoconsola. Koldo le ganaba partida tras partida y se mofaba de ello. Cuando acabaron, David salió a fumarse un cigarro o algo parecido y Koldo continuó jugando con Aner mientras que un tercero, Oier, contemplaba la partida.

»Pasados unos diez o quince minutos David entró en el local, se acercó al sofá donde estaba jugando Koldo y sin mediar palabra le comenzó a golpear salvajemente en la cabeza con una enorme piedra que llevaba en la mano. Como resultado de la agresión el chaval, que además es el hijo del propietario del local, falleció inmediatamente.

—¿Quién es el chaval al que estabais interrogando cuando entré?

—Es Oier. El que estaba contemplando la partida antes de que pasara todo —responde Mikel.

—¿Os importa que le haga alguna pregunta?

—Por supuesto que no, jefe. Es todo suyo.

Oier se encuentra sentado en el sillón tan abatido y hundido que parece que el mueble lo va a fagocitar. Jon se dirige hacia él.

—Kaixo, Oier, soy el inspector Jon Urrutia. Siento lo que ha pasado. ¿Te sientes en condiciones de responder a algunas preguntas?

—Sí, inspector. No hay problema. Intentaré responder a todo lo que me pregunte.

—Gracias, Oier. Te agradezco mucho tu buena disposición en momentos tan difíciles. ¿Me puedes dar alguna idea de cómo es la personalidad de David?

—David es un tío súper majo. Bastante callado e introvertido. Siempre dispuesto a ayudar y a echar una mano cuando se le necesita. Nada dado a los líos ni a las broncas. Muchas veces lo teníamos que defender nosotros, su cuadrilla, cuando alguien lo molestaba.

—¿Entonces qué pasó? ¿Qué hizo que todo cambiara?

—No lo sé. Es verdad que había perdido unas partidas de videojuego con Koldo, que se mofaba de él y se reía. Koldo iba un poco de «sobrao» y te podía irritar, pero de ahí a abrirle la cabeza con una piedra… va un mundo.

—¿Ninguno de vosotros os disteis cuenta de nada?

—Koldo, Aner y yo estábamos de espaldas a la puerta y el resto con la mirada puesta en el tablero de juego. David se acercó por detrás y para cuando quisimos pararle ya era tarde.

—¿Cómo reaccionó David cuando le paralizasteis?

—Al principio muy agresivo, después tuvo un desvanecimiento que no recuperó hasta que llegaron los servicios de emergencia. Al recuperarse no recordaba nada de lo sucedido y lo negaba. Nos ha llamado mentirosos y nos ha preguntado una y otra vez cómo podemos decir que él es capaz de hacer una cosa igual. No entiendo nada.

—Muchas gracias, Oier. En breve mis compañeros te permitirán regresar a tu casa.

Oier agacha la cabeza y pronuncia un «gracias» apenas audible. Jon se levanta y se acerca a sus compañeros.

—Cuando acabéis con las diligencias que vaya a su casa, el pobre está profundamente conmocionado. Necesita descansar.

—Así lo haremos, jefe. ¿Qué opina de este incidente? ¿No le parece que tiene muchas coincidencias con el caso de la señora Elvira Zárraga?

—Sí, en principio parece que hay algunas similitudes, pero tenemos que investigar más y profundizar en ambos casos.

—Sí, inspector. Estamos en ello —responde Ane.

—Bien. ¿Ane, puedes, por favor, acompañar a Oier a la salida? Le veo muy afectado.

—Por supuesto, inspector. Ahora mismo.

—Muchas gracias, Ane. Mikel, ¿puedes quedarte un momento?

Ane acompaña a Oier al exterior. El inspector aprovecha la situación para tratar con el subinspector un tema privado y personal.

—Estoy pensando que en estos últimos casos se están produciendo actos y hechos que parecen producto de una enajenación transitoria o de un brote psicótico. Nos vendría bien consultar con un experto y como, por desgracia, sé que has tenido algún contacto con este tipo de profesionales, me preguntaba si puedes darme el nombre de alguno de confianza.

—Sí, jefe, no hay ningún problema. Cuando tuve la crisis que usted conoce me ayudó mucho el doctor Pablo Martínez. Es un excelente profesional, si se lo pido no creo que tenga ningún inconveniente en recibirnos.

—Pídeselo, por favor, lo antes posible.

—De acuerdo. Así lo haré.

Los dos se despiden. Segundos más tarde el inspector cruza la puerta hacia el exterior. Se dirige a casa a intentar descansar, intuye que los próximos días serán largos y complicados.

CAPÍTULO V. CONFIDENCIAS

Mikel se nota algo nervioso. Por fin, tras insistir varias veces, Ane le ha dicho que sí a su invitación a tomar una copa. No se lo esperaba. Lo daba casi por asunto perdido. Pero aquí están los dos, en este bonito pub de ambiente irlandés sentados sobre unos altos taburetes con dos gin-tonics sobre la barra del bar. Siente un pequeño hormigueo en la barriga, como si unas mariposas aletearan en su estómago, «parece mentira que a mis años me emocione como un adolescente en la primera cita».

La conversación discurre de forma fluida y distendida. Se encuentran a gusto y eso se nota.

—Y dime, Ane, ¿cómo te están resultando tus primeras experiencias como investigadora de homicidios?

—Me parece apasionante. Observar, investigar, detener al culpable, evitar que vuelva a hacer daño, proporcionar justicia a la víctima y a sus seres queridos. Creo que he nacido para esto.

—Yo creo que también —refuerza el comentario Mikel—, y ¿sabes por qué?, porque cuando lo cuentas veo pasión en tus ojos y sin pasión no hay implicación, que es lo que se necesita para llegar hasta el final en este trabajo.

—Bueno, espero que esta pasión, como tú la llamas, me dure muchos años, a ser posible para siempre.

Ane levanta la copa y bebe un pequeño sorbo. El frío líquido del gin-tonic le refresca la garganta, «qué rico está, qué bien entra a estas horas de la noche».

—Hablando de pasión y de años de práctica profesional, ¿cuánto tiempo llevas en homicidios? —pregunta Ane.

—En homicidios once años y desde que me nombraron subinspector y me trasladaron a trabajar con el inspector, ocho años.

—¿Ocho años trabajando con el inspector Jon Urrutia? ¿No te han entrado ganas de cambiar de destino y probar en otro sitio?

—En ningún momento. Para mí el inspector es el mejor investigador de toda la Ertzaintza. No tengo la más mínima duda.

—A mí también me gusta cómo trabaja, ¿cuándo te diste cuenta de que era un hombre con dotes especiales para este trabajo?

—Mi verdadero bautismo de fuego fue cuando se nos presentó un caso muy difícil y complicado. Llevaba trabajando con el inspector aproximadamente un año y medio.

—¡Cuenta, cuenta, que me muero de curiosidad!

Ahora es Mikel quien levanta su copa y bebe un profundo trago.

—Nos llamaron de la central de Vitoria porque tenían un caso que se les estaba atragantando. Varios equipos lo estaban investigando y llegaban a un punto muerto, a partir del cual no avanzaban.

—¿De qué se trataba?

—El caso era que un grupo de amigas, ocho para ser exactos, realizaron una comida de hermandad en la casa de una de ellas. Pues bien, en esa comida una de ellas fue envenenada. Las investigaciones realizadas por los equipos anteriores determinaron que la víctima tenía un lío amoroso con el marido de la anfitriona. Ya tenían una presunta culpable. También sabían el cuándo, el dónde y la víctima. Les faltaba por determinar el cómo. Y este punto es el que no conseguían esclarecer.

—Bueno, siendo un envenenamiento lo más normal es que sea con la comida o con la bebida.

—Efectivamente, fue lo primero que pensaron y lo primero que analizaron, sin resultado positivo alguno. Ni rastro de veneno.

—Entonces quizás en los cubiertos o en la vajilla.

—Lo descartaron de entrada porque toda la mesa la colocaron las invitadas mientras la anfitriona daba los últimos toques al menú en la cocina, según ellas mismas manifestaron en los interrogatorios.

—¿Y durante la comida? Que aprovechara la presunta culpable cualquier descuido para acercarse a la víctima y envenenar su plato.

—También eso lo pensaron y lo investigaron con todo detalle. Todas las testigos declararon que en la mesa las seis amigas no involucradas ocuparon la parte central y las dos, objeto de investigación, ocuparon ambos extremos y en ningún momento la presunta culpable se acercó a la víctima.

—¿Quizá la envenenadora pudiera tener una cómplice entre el resto de amigas?

—Descartado también. Nada hacía indicar que ese fuera el escenario. Todas se encontraban profundamente afectadas y tremendamente conmocionadas por lo sucedido.

—Entonces, ¿cuál fue vuestra línea de investigación?

—Comenzamos por revisar todos los informes y declaraciones efectuadas por los equipos anteriores, por si observábamos alguna incoherencia o brecha de donde tirar. Pasamos horas y días revisándolo todo. La verdad es que hicieron un buen trabajo.

Mikel detiene su relato durante unos instantes mientras apura otro profundo trago de su copa. Disfruta el momento. Observa como Ane está seriamente interesada por la historia, cómo le mira con suma atención, quizás hasta con un punto de admiración.

—¿Y qué pasó?, ¿descubristeis algo, una nueva pista?

—Más que descubrir algo importante fue una pequeña observación que Jon, es decir, el inspector Urrutia, encontró entre los papeles que lo cambió todo.

—¡Venga ya, que me tienes en ascuas!

—Todas las amigas eran diestras menos la víctima, que era zurda.

—¿Y eso qué tiene que ver? ¿Hay veneno solo para zurdas?

—Como te he contado antes la vajilla y la cristalería no fue analizada puesto que fueron las invitadas las que las colocaron y

¿cómo iba a saber la envenenadora qué piezas le iban a corresponder a la víctima?

—Buena pregunta, ¿cómo lo iba a saber?

—Si te fijas y haces la prueba, un diestro y un zurdo pueden tomar un vaso de agua o una copa y al beber pueden beber ambos por el mismo lado del vaso. Sin embargo, las tazas de café, como tienen asas, un diestro al tomarlas bebe por un lado, un zurdo tiene que girarlas y beber por el otro lado. En el caso de piezas con asas ambos beben por lados diferentes.

Ane permanece reflexionando durante unos breves segundos y acto seguido toma la copa de gin-tonic con la mano derecha y se la lleva a la boca, la deposita nuevamente sobre la barra y, tomándola con la mano izquierda, se la acerca a la boca, la vuelve a depositar en el mostrador, asiente con la cabeza. Ahora hace lo mismo, pero esta vez simulando un asa imaginaria. Al intentar beber con la mano izquierda tiene que girar la copa. Esta vez asiente doblemente con la cabeza.

—Tienes toda la razón. Es muy original. ¿Qué hicisteis?

—Mandamos analizar únicamente las tazas de café y el resultado fue positivo en veneno en todas las tazas, pero solo lo estaban por un lado, el lado de los zurdos.

—¡Increíble!, realmente sorprendente.

—Ese día confirmé lo que ya intuía. El inspector tiene un don especial para encontrar la verdad más allá de los convencionalismos. Es un firme defensor del método en las investigaciones. Ya sabes, método, método y método.

Ane permanece callada. En su interior procesa todo lo que acaba de escuchar. Mikel, en cambio, cree que ha llegado el momento de adentrarse en terrenos más interesantes para él.

—Volviendo un poco al inicio de la conversación, como te comentaba creo que tienes pasión por este oficio, pero ¿cómo llevas la parte incómoda?

—¿La parte incómoda? —responde Ane abandonando sus reflexiones—. ¿A qué te refieres?

—Me refiero a no tener horarios fijos, a trabajar hasta altas horas de la madrugada, recibir llamadas telefónicas en el peor momento. Todas estas cosas pueden ser muy incómodas para uno, pero sobre todo para los que están a tu lado.

—¡Ah, bueno! En eso no tengo problema porque vivo sola. Me independicé de mis padres hace algunos años, aunque nos llevamos muy bien, voy a verles muy a menudo. En cuanto a mi pareja, Iker, lo entiende perfectamente, aunque he de reconocer que a veces no le sienta muy bien.

—Por lo que cuentas, parece que tu novio es una persona no dada a muchos cambios.

—Iker es una buena persona, pero sí es verdad que es muy recto y los cambios le ponen nervioso. Es un hombre al que le gusta tener todo lo más controlado posible.

—Bueno, espero que esa tendencia no sea muy poderosa porque personalidades así tienden a achicar espacios a las personas que están más cercanas, crean ambientes un tanto asfixiantes.

Mikel percibe que esta deriva de la conversación no le agrada mucho. Está convencido de que hay una grieta en esa relación. No está todo perdido. Es cuestión de esperar y acompañarla por si en un momento dado decide que el amor se puede encontrar en otro sitio.

—¡No!, no es nuestro caso. Nosotros nos llevamos muy bien —responde Ane un tanto inquieta—. Ahora hablemos de ti —indica con la clara intención de cambiar de tema—. ¿Tienes alguna relación? ¿Alguien te espera para escucharte después de una larga jornada de trabajo?

—No, la verdad es que no —Mikel recoge el guante.

—Es un poco extraño porque en la comisaría todos hablan de las relaciones de todo el mundo, sin embargo, de ti no he escuchado nada. Hay como una especie de «omertá».

—Es una señal de cariño que yo agradezco a mis compañeros.

—No entiendo, cariño ¿por qué?

Mikel tarda unos segundos en contestar, todavía le duele hablar de ello, pero si quiere una relación seria tiene que comenzar con ser sincero.

—Hace cinco años mi novia Laura y yo tomamos la decisión de casarnos y comenzamos con los preparativos. Tras año y medio de gestiones, visitas a restaurantes, a la iglesia, pruebas de vestidos de novia, etc., a escasos tres días del enlace Laura sufrió una crisis de responsabilidad, de pánico y salió corriendo. Lo que se suele denominar en términos coloquiales «novia a la fuga».

Ane no puede articular palabra. La expresión de su cara refleja su sentimiento, sorpresa junto a una enorme vergüenza.

—Lo siento mucho. No lo sabía. Nadie me ha dicho nada. Te pido, por favor, que me perdones.

—No te preocupes. No tienes la culpa. Es verdad que en la comisaría como todos lo saben nadie lo habla. Son conscientes de que solo recordarlo me hace daño.

—¿Y cómo te encuentras ahora? ¿Lo has superado?

—Han sido meses y años difíciles, pero ha llegado un momento en el que he reflexionado y estoy convencido de que tampoco fue culpa de Laura, simplemente no pudo superar sus miedos y dudas. Siempre será parte de mí y de mi memoria, pero tengo que seguir adelante y rehacer mi vida.

—Tienes razón, hay que tener mucha fuerza y valor para levantarse y seguir adelante.

—Efectivamente, así que en estos momentos estoy libre como un pájaro. Si tienes alguna amiga o conocida que necesite un hombre que la ame y quiera de verdad estoy abierto a sugerencias.

—Bueno, abriré mi agenda a ver qué encuentro. Seguro que localizo alguna persona interesada en semejante proposición.

Los dos se ríen mientras en el extremo del pub el camarero apaga las luces avisando a los clientes del próximo cierre. La jornada finaliza, mañana será otro día.

***

La consulta del Dr. Martínez es un despacho amplio y luminoso. En sus paredes se ordenan sobre estanterías todo tipo de libros de medicina y psiquiatría. Sobre la situada detrás de la mesa del doctor cuelgan enmarcados títulos oficiales de másteres y universidades. En un costado una puerta abierta permite observar una sala más reducida que Jon interpreta como el lugar donde se realizan las terapias más íntimas y personales.

El Dr. Martínez es un hombre de mediana edad que presenta un excelente aspecto físico. Pelo moreno con incipientes toques blanquecinos, barba perfectamente recortada. Sobre su rostro gafas de fina estructura metálica. Viste polo de marca, tipo deportivo, de color beis. Proyecta una imagen de hombre capacitado y profesional.

Jon y Mikel se encuentran sentados cómodamente frente a la mesa de estudio del doctor, quien los ha recibido muy amablemente.

—Me alegra mucho comprobar que desde la última vez que nos vimos te encuentras recuperado —se dirige el doctor a Mikel.

—Gracias, doctor, pero no creo que me haya recuperado del dolor de la separación, digamos que lo he asumido simplemente.

—De eso se trata. El dolor, las ausencias y separaciones no podemos borrarlas, lo que se trata es de asimilarlo y seguir caminando. Repito, me alegra mucho verte mejor. ¿En qué os puedo ayudar? Vosotros diréis.

—Muchas gracias por recibirnos. Sabemos que es un hombre ocupado, así que procuraremos no hacerle perder mucho tiempo

—responde Jon, la verdad es que tiene sus dudas sobre la efectividad de este tipo de profesionales, en su momento, cuando le sucedió lo impensable, todo el mundo le aconsejó ponerse en manos de uno de ellos, pero no fue capaz, nadie le iba a devolver a Amaia—. Estamos investigando una serie de sucesos ocurridos últimamente en los que se dan unas características que a primera vista parecen comunes. Nos gustaría saber su opinión profesional.

—No hay ningún problema, por mi parte encantado de poder ayudar a la Policía en la medida de mis posibilidades.

—La cuestión es que estos sucesos, como comenta el inspector —toma la palabra Mikel—, extremadamente violentos los llevan a cabo personas sin antecedentes anteriores por agresiones, ni tan siquiera denuncias previas. Una vez cometidos, cuando los sujetos son interrogados todos manifiestan no recordar nada, incluso niegan rotundamente que ellos hayan sido capaces de cometer tales agresiones.

—La pregunta que nos gustaría plantearle —retoma la conversación el inspector— es si usted, desde un punto de vista profesional, considera que estas acciones pueden ser producto de una alteración psiquiátrica, o lo que comúnmente se suele llamar brote psicótico. —«Prestaré atención a sus palabras, después de todo, quizás tenga algo que aportar», piensa Jon.

El doctor Martínez escucha atentamente los comentarios realizados por ambos policías, reflexiona unos instantes ordenando sus ideas mentalmente antes de exponerlas con el fin de que se muestren lo más comprensibles posible.

—Entendemos por brote psicótico cualquier ruptura de la realidad de forma temporal que se produzca en una persona o paciente. Aparece de forma abrupta, desorganizando la personalidad de forma extrema de quien lo sufre, pudiendo llegar a ser altamente peligroso para quien lo padece y para las personas que le rodean. Desde ese punto de vista, por lo que me contáis, todo parece indicar que efectivamente puede tratarse de brotes psicóticos. La pregunta que nos debemos hacer es ¿qué ha causado esa alteración en los sujetos?

Jon y Mikel permanecen callados escuchando atentamente las palabras del doctor.

—Habitualmente las causas son de dos tipos, endógenas, como enfermedades psiquiátricas previas como la esquizofrenia, o exógenas, como el estrés en su grado máximo si es frecuente y constante, el consumo habitual de drogas y alcohol, un episodio traumático emocional.

—¿Aparecen manifestaciones previas de comportamiento que anuncien la aparición de un brote? —pregunta Mikel.

—Normalmente sí, aparecen tipos de conductas previas como son: comportamiento desorganizado, descuido del aspecto personal, aislamiento social.

—Es decir, en nuestro caso, y a modo de resumen —reflexiona Jon—, parece tratarse de brotes psicóticos, puesto que se produce una ruptura de la realidad, pero no hay manifestaciones previas ni historial mental que lo anticipe, por lo que debe de tratarse de una causa exógena común a todos y muy potente para afectar de tal manera a los sujetos.

—Sí, efectivamente. Es un buen resumen. Tendrán que investigar cuál puede ser la causa desencadenante común.

—Muchas gracias, doctor, nos ha sido de gran ayuda —se levantan de sus asientos extendiendo las manos en señal de saludo y apretando la del doctor calurosamente—, no le entretenemos más que seguro que tendrá muchas cosas que hacer.

—Por mi parte ha sido todo un placer poder ayudar y conocerle, inspector. Y a ti, Mikel, te reitero mi agrado de encontrarte tan bien, de todas formas ya sabes dónde estoy para lo que necesites.

Después de despedirse los policías salen de la consulta del doctor. En el exterior cambian impresiones sobre lo comentado en la entrevista.

—Localizar la causa inicial. Sin la constatación de la existencia de drogas o alcohol, sin historiales médicos previos de desequilibrio mental, sin móvil aparente, sin ningún tipo de pista. No parece fácil, jefe. Es como buscar una aguja en un pajar.

—Tienes razón, pero ese es nuestro trabajo. Precisamente por todo ello tendremos que implicarnos más y estudiar alternativas que en otras situaciones quizás nos hubieran parecido impensables.

—Así lo haremos. Todo sea por encontrar la verdad.

CAPÍTULO VI. LA INVESTIGACIÓN

Sobre la mesa no cabe un papel más. Carpetas, expedientes, dosieres, todos se amontonan en túmulos que parecen no tener fin. A Mikel esta parte de su trabajo lo aburre, el tedio lo invade, reza para que suceda algo que lo libere de esta profunda servidumbre. Él es un hombre de trabajo de calle, de contacto con la gente, no de hundirse entre papeles.

El timbre del teléfono suena y se apresura a descolgarlo, «vaya, parece que allá arriba alguien me ha escuchado y se ha apiadado».

—Sí, ¿quién es?

—Hola, Mikel, egun on. Soy yo, Jon. ¿Puedes recopilar toda la información que disponemos de los últimos casos y pasar por mi despacho, digamos, dentro de quince minutos?

—Sí, jefe, sin problemas.

—Díselo, por favor, también a Ane y venid los dos.

—De acuerdo, jefe, se lo comento ya mismo.

—Vale, nos vemos en quince minutos.

Pasados quince minutos ambos se encuentran sentados frente a la mesa de Jon, quien revisa en silencio los papeles e informes que le acaban de entregar. Lentamente va pasando las hojas, deteniéndose momentáneamente en algunos puntos. Revisado el último expediente, lo deposita sobre la mesa.

—Bien, dentro de media hora tengo concertada una reunión con la comisaria sobre todos estos casos y no tengo gran cosa que aportar.

Mikel y Ane permanecen en silencio.

—Hagamos un resumen rápido de la información que disponemos. En el caso del asesinato de Elvira Zárraga ¿qué me podéis decir?

—Los exámenes toxicológicos del presunto agresor, Antonio Gutiérrez, dieron negativo en todo tipo de sustancias. Los exámenes psicológico y psiquiátrico tampoco son concluyentes, no perciben ninguna alteración grave del sujeto —comenta Mikel.

—De las declaraciones de los vecinos y testigos tampoco se puede deducir pista alguna —interviene Ane—, todos afirman que el Sr. Gutiérrez era una persona amable que se llevaba bien con la Sra. Zárraga. Básicamente, que no se lo explican.

—¿Del suicida Pablo López, qué tenemos?

—Del estudio de las comunicaciones realizadas entre la hora de entrada al hotel hasta la hora del fatal desenlace podemos afirmar que no hay llamadas entrantes ni salientes por el teléfono fijo del hotel. Del análisis técnico del teléfono móvil también podemos asegurar que no hubo entradas ni salidas de llamadas, wasaps, correos electrónicos, redes sociales, etc. Es decir, no se puede afirmar que hubiera alguna conexión con el exterior —informa Ane.

—Yo me he puesto en contacto con la Policía Nacional en Madrid para indagar sobre los antecedentes del Sr. López. Parece ser que se involucró en una serie de inversiones financieras que no acabaron muy bien. Pasó una mala racha hace aproximadamente año y medio con deudas y acreedores que lo acosaban. Tuvo que vender la mayoría de las propiedades y cambiarse toda la familia a una vida mucho más sencilla. Pero esa mala racha parecía que ya había pasado, que había hecho las paces con su familia y que se encontraba en estos momentos intentando remontar el vuelo —afirma Mikel.

—¿Y del caso del chaval de la lonja, David?

—Como en los casos de los señores Gutiérrez y López, también se le han practicado las correspondientes pruebas toxicológicas y psiquiátricas. En este caso las pruebas toxicológicas sí han dado positivo en alcohol y en cannabis, pero en cantidades que en principio no deberían alterar el comportamiento hasta el extremo de cometer un acto de violencia tan brutal —apostilla Ane.

—Respecto a las pruebas psicológicas y psiquiátricas, dan un perfil de una persona solitaria, introvertida, que se siente acosada por el exterior. Pero precisamente por eso, según el psicólogo, cuando este tipo de personas son aceptadas en un grupo, los componentes de dicho grupo pasan a ser parte de su familia. Lo que hace que una agresión de estas características contra uno de ellos por unos hechos tan banales sea difícilmente comprensible —explica Mikel.

—Resumiendo, ¡que no tenemos una mierda! A ver qué le cuento yo a la comisaria dentro de quince minutos.

—Sí, jefe. Va a ser un poco complicado.

Jon permanece en silencio unos instantes procesando lo que acaba de escuchar, «qué postura voy a adoptar, qué le voy a decir sobre el estado de las investigaciones a la comisaria, cómo voy a defender continuar con ellas».

—Muchas gracias a los dos por vuestro trabajo. Podéis volver a vuestras ocupaciones.

—¡Gracias, jefe! ¡Gracias, inspector! —responden ambos mientras se levantan de sus respectivas sillas y se dirigen a la puerta.

—Por cierto, Mikel, ¿te puedes quedar un momento?, quería comentarte algo.

—No hay problema, jefe, aquí me quedo.

Ane abre la puerta del despacho y después de despedirse la cierra suavemente.

—¿Usted dirá?

—Me han pasado un informe según el cual has estado investigando a un tal Iker Aldaiturriaga. No tengo conocimiento de que este sujeto tenga alguna relación con los sucesos que nos ocupan. ¿Tienes abierta alguna línea de investigación que desconozca?

—Verá, jefe —responde Mikel visiblemente incómodo—, es una investigación…, cómo le diría…, personal.

—¿Personal? A ver, dame detalles de esa «investigación personal».

—Iker Aldaiturriaga es la persona que sale con Ane, su novio o su pareja o como ahora se llame ese tipo de relación.

—Sabes que está absolutamente prohibido hacer indagaciones personales con los recursos de la Policía. Los ciudadanos tienen derecho a su privacidad a no ser que estén bajo sospecha por un hecho delictivo. De saberse, te puede acarrear graves consecuencias.

—Lo sé, soy consciente de ello, pero ese tipo no me da buena espina. No me parece que sea el hombre adecuado para Ane.

—A mí me parece que no vas encontrar nunca ese hombre adecuado, aunque sea Papá Noel.

—¿Papá Noel? ¿Ese gordo bonachón? No, ese tampoco es el adecuado para Ane.

Jon prefiere no hacer comentarios de esta última respuesta. Es evidente que está enamorado, tan profundamente enamorado que quizás no sea del todo consciente de ello.

—Ya que te has saltado las normas al menos me dirás qué has averiguado. —Él también tiene curiosidad por saber qué ha descubierto el subinspector.

Mikel adelanta la silla acercándose a la mesa de su jefe. Ya no se muestra incómodo, en estos momentos lo que más desea es que se tomen en serio sus averiguaciones.

—En principio los datos básicos de toda investigación: nombre, apellidos, DNI, dirección del domicilio, vehículo, matrícula…, lo de siempre.

—Te puedes saltar esa parte. Me refiero a si tiene antecedentes.

—Sí y no.

—¿Cómo que sí y no? Déjate de juegos y explícate.

—Ha tenido dos denuncias que posteriormente fueron retiradas. Parece ser que su abogado llegó a algún tipo de acuerdo con los denunciantes. La primera por agresión a un compañero de trabajo. Todo comenzó con una discusión que fue a más y acabó el agredido con lesiones leves que no necesitaron hospitalización.

—¿Y la segunda?

—La segunda de una exnovia que lo denunció por acoso y por agresión leve. Como decía ambas fueron retiradas, pero creo que señalan un carácter que en determinadas circunstancias puede llegar a ser violento.

—Te comprendo, pero con ese tipo de historial, con denuncias que se han retirado y que no han llegado a los juzgados, no podemos hacer nada. Tiene la ficha de antecedentes tan limpia como la tuya y la mía.

—Pero, jefe, me preocupa que en un momento dado esta persona pierda los nervios.

—Ane ya es mayorcita y además es policía. Sabe defenderse sola perfectamente. Lo cual no quita para que estemos atentos a cualquier señal de que las cosas no vayan bien.

Mikel no está convencido con la respuesta, pero tampoco quiere llevarle la contraria, bastante tiene con que no informe de su pequeña investigación.

—Ya te puedes marchar y recuerda, no más investigaciones particulares o tendré que informar a las instancias superiores.

—Gracias, jefe. No se preocupe, no volverá a pasar.

Cuando Mikel sale del despacho Jon sonríe, «qué poderoso es el amor. Una persona enamorada es capaz de cualquier cosa, incluso de poner en peligro su carrera».

La sonrisa le dura poco tiempo en el rostro. En breve tendrá que reportar a la comisaria y no tiene muy claro qué le va a exponer. El sonido del timbre del teléfono lo extrae de sus reflexiones, «quién será en estos momentos». Jon descuelga el aparato:

—¿Inspector Urrutia?

—Sí, soy yo. ¿Quién es?

—Arantza Uriarte.

—¿Arantza Uriarte, la periodista?

—Efectivamente, veo que se acuerda de mí.

—Mire, Sra. Uriarte, estoy muy ocupado y en breve tengo una reunión. Solo le puedo dedicar unos minutos. —«Qué pesada es esta señora».

—Creo que serán suficientes. Dígame, inspector, ¿qué me puede decir del estado de las investigaciones de los últimos trágicos acontecimientos?

—Se lo dije la última vez que hablamos y se lo vuelvo a decir. No puedo revelar datos de investigaciones en curso.

—Soy consciente de ello. Por mis informaciones parece ser que dichas investigaciones se encuentran estancadas, digamos en un punto muerto.

—Usted ya sabe que las indagaciones tienen sus tempos.

—««¿Cómo tiene esa información?, dentro de comisaria tenemos un topo»—. Hemos iniciado nuevas vías de investigación, por lo que en breve se reactivarán.

—Me alegra escucharlo. Nuevamente le reitero mi ofrecimiento de colaboración para compartir información que pueda ser útil para ambas partes. Es más, le diría que percibo…, ¿cómo lo ha llamado antes?, ah, sí…, una nueva vía de investigación que creo puede ser muy interesante.

—Muchas gracias por su ofrecimiento. Lo tendré en cuenta. Llegado el momento contactaré con usted para que me amplíe información sobre esa nueva vía. —«Puedes sentarte a esperar esa llamada»—. Sintiéndolo mucho no puedo dedicarle más tiempo. Un saludo y que tenga un buen día.

—Muchas gracias, inspector, por atenderme. Espero su llamada. Que tenga un buen día usted también.

Cuelga el teléfono. No tiene tiempo ni ganas para sopesar el ofrecimiento de la periodista. Introduce en una carpeta los papeles que se encuentran sobre su mesa. Con ella bajo el brazo se dirige al despacho de la comisaria, «que sea lo que Dios quiera».

***

Jon se encuentra sentado en una cómoda silla frente a la mesa de la comisaria. Ella le mira fijamente en silencio. Como si estuviera sopesando qué le iba a decir y cómo. Al inspector no le parecen las mejores señales para iniciar esta conversación. Le preocupa. Le inquieta.

—Inspector Urrutia, dígame, ¿cómo van las investigaciones de los últimos casos?

—Sra. comisaria, seguimos con las averiguaciones para aclarar totalmente las circunstancias que rodean estos casos.

—Por las informaciones que yo dispongo parece ser que la versión oficial de los dos asesinatos y el suicidio es que se trata de brotes psicóticos temporales sin ninguna conexión aparente con personas o circunstancias exteriores. ¿Qué le hace pensar que pueda haber algo más?

—Reconozco, señora comisaria, que todo parece apuntar a ese resultado, sin embargo, hay flecos que no terminan de cuadrar del todo.

—Explíquese, inspector.

—En los casos de los asesinatos de la Sra. Elvira y el chaval Koldo, sus agresores son personas sin antecedentes psiquiátricos que no tienen ni una sola denuncia anterior por agresión, ni tan siquiera los que les conocen han sido capaces de relatarnos un solo hecho de violencia en sus vidas. Mantenían buenas relaciones con sus víctimas, incluso eran amigos. Y los hechos que desencadenan el fatal desenlace son tan débiles que no justifican en modo alguno tal reacción.

»Respecto al Sr. López, el suicida, es cierto que según nuestras indagaciones pasó por una mala racha hace año y medio por unas malas inversiones financieras. Pero todo parece indicar que estaba superado. Además, ¿qué suicida compra regalos para su familia antes de suicidarse y no deja ni tan siquiera una nota de despedida? Todos estos indicios me hacen sospechar que hay algo más que se nos escapa. Que hay una influencia externa que no acabamos de determinar. Mi olfato profesional me empuja a seguir buscando.

La comisaria permanece en silencio mientras reflexiona sobre lo que acaba de escuchar.

—Reconozco que está bien expuesto su punto de vista. Pero estos indicios, como usted los llama, son muy débiles y se muestran pequeños respecto a la fortaleza de la versión oficial. Como sabe, se acercan las elecciones y a los políticos no les hace ninguna gracia aparecer en los medios de comunicación junto a noticias de suicidios y asesinatos. Ya he recibido alguna llamada de las altas esferas mostrando su inquietud. Por lo tanto, tiene un plazo de quince días para que aporte alguna prueba de sus sospechas o tendré que dar carpetazo a los tres expedientes.

—Se lo agradezco mucho, pero quizás quince días sean pocos, ¿no podría ser un mes?

—No acabe con mi paciencia, inspector. Estos quince días extra que le concedo no se los doy a cualquiera, solo a usted por su brillante trayectoria y por dar un poco de crédito a lo que usted llama «olfato profesional».

—Muchas gracias, comisaria, quince días me parece bien.

Momentos después de salir del despacho de la comisaria, Jon deambula por los pasillos de la comisaría pensando qué va a hacer, cómo y dónde iniciar las nuevas vías de investigación con un tiempo tan limitado, «no tengo más remedio que buscar caminos alternativos, no puedo rechazar ninguna posibilidad, así que, como se suele decir, a situaciones desesperadas… medidas desesperadas».

CAPÍTULO VII. EL MORENO

Un día, un mes, un año. El tiempo se convierte en infinito cuando lo vives en prisión. Todos los días parecen iguales, rutina, rutina y más rutina. Apenas unos pequeños oasis de novedad con las visitas y los vis a vis.

A Pedro García, el Moreno, estos meses en prisión se le hacen interminables. Está deseando que se celebre su juicio y que se dicte sentencia, ya sea para bien o para mal. No cree que sean muy duros con él por ser esta la primera vez que tiene un encontronazo serio con la justicia. Es verdad que ha tenido problemas de índole menor: pequeños robos, hurtos, detenciones por pequeñas agresiones, lo normal que puede pasar cuando una persona se tiene que buscar la vida en la calle. Ya se sabe, hay que hacerse respetar, si no te apartas tú, te aparto yo.

Esta vez el asunto parece más grave. Una detención por tenencia y tráfico de drogas puede acarrearle una condena mayor, pero, pensándolo bien, podría ser peor, gracias a Dios su incipiente negocio de distribución de drogas no ha sido descubierto.

Para un hijo de emigrantes no ha sido fácil llegar hasta aquí. Sus padres llegaron al País Vasco hace cuarenta años, procedentes de un pueblo de Extremadura, con el deseo de ganarse la vida en las fábricas y en la industria. Pero las cosas no salieron como ellos esperaban. Cambiaron las largas jornadas de trabajo en el campo por jornadas interminables, amarrado a una carretilla de la construcción él y limpiando casas ella. Conseguían con mucho esfuerzo lo justo para sobrevivir la familia, sin lujos, sin caprichos.

Para Pedro tampoco ha sido nada fácil. Apenas contaba cuatro años cuando comenzó su nueva vida en tierra extraña. Su familia se instaló en un pueblo de los alrededores de Bilbao, en un barrio periférico, casi marginal. Pronto se tuvo que adaptar a la situación. En la escuela aprendió rápidamente que no importa que no tengas una bici o una pelota, si lo tienen los que están a tu alrededor es cuestión de tomar lo que a otros les sobra. Sin saberlo estaba estableciendo las bases de lo que más tarde llamaría «justicia social».

A medida que cumplía años y se iba haciendo mayor su «justicia social» se fue trasladando progresivamente del aula a la escuela entera, al barrio, al pueblo. Su fama se extendía día a día, mes a mes. De sus padres heredó el tono de piel de las personas de campo, en invierno lucía un ligero tono tostado que contrastaba con el color lechoso de sus compañeros de clase, pero al llegar los primeros rayos de sol de la primavera ese ligero tono iba aumentando, alcanzando a principios de verano un profundo color moreno. Sus amigos de correrías comenzaron a llamarlo el Moreno.

Con unos colegas formó el primer grupo, iniciándose con pequeños hurtos y robos que con el tiempo se hicieron más numerosos y más importantes. Su nombre comenzó a hacerse conocido en ciertos ambientes generando una mezcla de miedo y respeto. Como buen emprendedor, Pedro fue añadiendo nuevas actividades al negocio como la extorsión, el chantaje y alguna paliza que otra a quien se pusiera en su camino o no cumpliera sus reglas.

La fama también tiene sus inconvenientes, su nombre y sus hazañas llegaron al conocimiento de las autoridades y de la policía. La detención no se hizo esperar, aunque el juzgado no fue duro con él al tratarse de pequeños delitos sin mucha carga penal.

Su pequeño paso por prisión le hizo reflexionar. No compensa ser un delincuente de poca monta, tienes que hacerlo a lo grande, ganar dinero a paladas o morir en el intento. ¿Cómo se puede ganar mucho dinero? Con las drogas. Pero hay que montárselo de forma inteligente. Crear una falsa apariencia de normalidad con una familia, mujer e hijos y el negocio gestionarlo de forma soterrada con testaferros y distribuidores. Cuanto más lejos aparentara estar del negocio más difícil sería para las autoridades demostrar su culpabilidad.

A Manoli la conoció en una noche de juerga. Le pareció una chica mona con buen tipo, no daba la impresión de ser muy lista, pero en cambio sí tenía la sensación de que era de esas personas fieles y leales, esas personas que son capaces de aguantar lo que sea con tal de evitar una traición. Era una mujer que comprendía y aceptaba cuál era su lugar en la relación sin pedir nada más o solicitar algo a cambio. La mujer perfecta para sus intenciones.

Al poco tiempo se casaron. Manoli le ha dado dos hijos: Germán, el mayor, que está destinado algún día a llevar el negocio, y

Rocío, la pequeña, a la que casará con el mejor postor en función de los intereses familiares. Todo perfecto según lo planeado.

—¡Eh, Moreno! ¿Cuándo tienes la visita?

—El martes de la semana que viene. La espero con impaciencia.

—¿Te lo has pensado bien?

—Sí, Madriles, está muy bien pensado. Estoy decidido a hacerlo.

José Gutiérrez es un delincuente de poca monta del barrio de Otxarkoaga. No estaría en prisión por sus delitos de pequeños robos y hurtos para comprar droga si en el último trapicheo con un colega no se hubiera iniciado una discusión y en un mal golpe lo hubiera matado. El insiste en que fue un accidente y que su intención nuca fue matar a su amigo. Dice, a quien quiera oírlo, que lamenta profundamente su muerte y que es producto de su mala fortuna. Está convencido de que su suerte hubiera cambiado de haber nacido y vivido en Madrid. Sostiene que con sus habilidades hubiera prosperado y no estaría en esta situación. Nadie lo cree, pero todos lo conocen por Madriles.

Cuando Pedro ingresó en prisión José estaba cumpliendo su cuarto año de condena. Pedro es su tercer compañero de celda. Lo puso al día y le enseñó todos los códigos internos y de conducta que un centro de estas características requiere. No son amigos, pero se respetan.

—Te arriesgas mucho. El mercado está cogido y aquí nadie renuncia a nada de forma voluntaria. Todo tiene un precio y la mayoría de las veces muy alto —comenta Madriles.

—Lo sé. La vida no me ha regalado nada, todo lo que he conseguido ha sido luchando y arrebatándoselo a otros. Ni un paso atrás, y no voy a empezar ahora.

—Tú verás. Pero en este sitio no hay piedad. Tendrás que enfrentarte a los clanes que controlan el negocio de la droga: el clan gitano del Cigala y el rumano de Vasile. Tienen un acuerdo para repartirse el mercado y evitar guerras. Si entras tú, no quiero ni pensar la que se puede montar.

—No es mi problema. ¿No dicen que la competencia es buena para el consumidor? Tendrán que hacer hueco para uno más.

El Madriles agacha la cabeza y se calla. El sabrá lo que hace, a fin de cuentas, las consecuencias también serán suyas. Por su parte tiene que mantenerse al margen, muy al margen, cuanto más lejos mejor.

Pedro también se calla, permanece pensativo. José tiene razón, las repercusiones pueden ser graves, pero él no ha llegado a este punto de su vida para quedarse atrás, para no ser nadie. Todo tiene su riesgo. Vivir es un riesgo.

Una ligera sonrisa de ilusión ilumina su rostro. Está deseando que llegue el día del vis a vis con Manoli. A partir de ese momento todo va a cambiar.

***

Jon saborea el ligero sorbo de café. Deposita la taza suavemente en el platillo colocado sobre la mesa de mármol. Le encanta beber café en este local, rodeado del ambiente clásico del Café Iruña, le sabe mejor. Su inspiración de ambiente mudéjar, sus techos policromados y la variedad de sus azulejos lo convierten en un lugar especial y único. El mejor sitio para mantener una reunión informal.

A estas horas de la mañana se respira un aire tranquilo y sosegado. La clientela charla animadamente, elevándose un susurro casi adormecedor. En la mesa más cercana unos jubilados intentan ponerse de acuerdo sobre la próxima excursión, al monte o a la playa. A su lado dos jóvenes conversan jovialmente sobre los apuntes de la carrera, él se muestra muy interesado en mantener próximas reuniones, necesita que ella se los explique con todo detalle.

Abriéndose camino entre las mesas se acerca una mujer. Jon se fija en ella, de mediana edad, entre los cuarenta y los cincuenta años, bien llevados. Sus pantalones vaqueros azules, su camiseta blanca con ligeros toques del mismo color, junto a las deportivas, le confieren un aire activo y decidido. Observa cómo se dirige hacia él con movimientos ágiles y coordinados, su cabello en media melena castaño muy claro, casi rubio, se mueve al son de sus pasos. Es una mujer atractiva e interesante. Si Amaia estuviera presente le diría «Jon, cierra la boca que te va a entrar una mosca».

—Buenos días, inspector. Es un honor hablar con usted.

Jon se levanta de la mesa como impulsado por un resorte.

—¿Arantza Uriarte, supongo? El placer es todo mío. ¿Quiere sentarse, por favor?

Arantza toma asiento en la silla que le indica el inspector.

—Le agradezco el recibimiento tan novelesco a lo Stanley y Livingstone y también elegir este sitio que me encanta.

—Me pareció un lugar muy apropiado para charlar con tranquilidad e intimidad. ¿Qué desea tomar?

—¿Usted que está bebiendo?

—Un café con leche, a estas horas de la mañana no me entra otra cosa.

—Me parece una buena idea. Otro café para mí, por favor.

Jon levanta la mirada y la dirige hacia el camarero, que se encuentra realizando un servicio en la mesa próxima. Con una señal le indica que su acompañante desea tomar la misma consumición. El camarero asiente en señal de entendimiento.

—Debo confesar que su llamada me sorprendió gratamente —comenta Arantza—, en nuestra última conversación telefónica me pareció intuir que no estaba por la labor de mantener reunión alguna.

—Tiene usted razón. Quizás no supe transmitir con certeza mi verdadera posición. Es verdad que no soy muy dado a comunicar el estado de las investigaciones, pero también es cierto que creo sinceramente en los buenos resultados que se pueden obtener con la estrecha colaboración entre la Policía y los medios de comunicación.

—«La comisaria estaría muy orgullosa si me estuviera escuchando».

Arantza sonríe ligeramente mientras el camarero deposita el café sobre la mesa.

—Bien, inspector, supongamos que le creo. Por informaciones que dispongo de la comisaría intuyo que las investigaciones sobre los últimos acontecimientos no van por buen camino, más bien diría que están estancadas, por no decir en vía muerta.

—Toda investigación tiene sus momentos altos y bajos. A veces parecen estancarse, pero luego se aceleran, no es un proceso uniforme. —«¿Quién le pasará información en la comisaría?»—. De todas formas, veo que está muy bien informada.

—Es mi trabajo, inspector, soy periodista.

Levanta con suavidad la taza de café. Toma un ligero sorbo y deposita con la misma suavidad la taza sobre el platillo. Una ligera pausa.

—Entiendo entonces que no necesitarán ninguna aportación, digamos, extra.

—Como le decía anteriormente, cualquier aportación será bien recibida y analizada con la debida rigurosidad. ¿Tiene algo que decirme?

—Antes me gustaría afianzar el acuerdo de colaboración entre usted y yo. Para evitar malas interpretaciones y molestos malentendidos. Yo le paso información sobre mis averiguaciones y usted me transmite el estado de las investigaciones según vayan evolucionando.

—Conforme, en la medida que las disposiciones legales lo permitan y antes de que tengan conocimiento otros medios de comunicación usted será la primera en ser informada. Tendrá, como dicen ustedes, la primicia.

—Perfecto, inspector, tenemos un acuerdo.

—Y bien, ¡dígame!, ¿cuál es esa aportación extra que me quería comentar?

—Como es lógico ustedes tendrán información sobre los lugares exactos donde han sucedido los hechos, lo que no sé es si se han dado cuenta de que todos ellos están localizados en la misma área geográfica. Todo sucede en las proximidades de la Feria de Muestras.

Jon no dice nada. Permanece unos instantes en silencio. Se acerca la taza de café a los labios. Bebe un profundo trago.

—¿Me está diciendo que la información tan novedosa a aportar por su parte es esta? Un área geográfica donde suceden los hechos.

—Piénselo bien, inspector. Ya sé que suena un poco extraño, pero algo tiene que estar sucediendo en esa zona para que se concentren estos casos tan sorprendentes.

—Ya. Y según usted ¿qué tendríamos que hacer?, ¿preguntar a toda persona que pase si ha visto algo extraño o que le levantara sospechas sobre no se sabe qué?

—Inspector, yo no soy policía y tampoco pretendo decirle cómo hacer su trabajo, pero insisto en que sería buena idea centrarse en esa área. Además de las viviendas, también se encuentran ubicadas diversas instalaciones comerciales y de servicios.

—¿Y qué me quiere decir con eso?

—Que si hay comportamientos extraños de diversas personas quizás se pueda deber a algún tipo de contaminante o sustancia industrial con efectos tóxicos.

Jon la mira fijamente a los ojos. En estos momentos no sabe si se encuentra más enfadado que molesto o más sorprendido que perplejo, «¿cómo le digo a esta mujer que no tengo tiempo ni ganas para que me tomen el pelo, ni para ideas extrañas?».

—Muchas gracias por su ayuda y aportación. Tomaremos muy en serio esta nueva vía de investigación. Ya le iré poniendo al día de los resultados que vayamos obteniendo.

Ahora es Arantza quien mira fijamente a los ojos del inspector. De un profundo trago finaliza su café.

—Bien, inspector, me doy cuenta de que mi sugerencia no le atrae demasiado. De todas formas, si encuentra un nuevo canal de investigación estaré encantada de recibir sus informaciones. Y ahora le tengo que dejar que me esperan en redacción.

Arantza se levanta de la silla seguida inmediatamente del inspector. Le acerca la mano y Jon la toma con un sólido apretón.

—¡Buen día, inspector! Que le vaya muy bien en las averiguaciones y no se olvide de mantenerme al tanto de todo lo que suceda.

—Descuide, soy una persona de palabra y mantendré nuestro acuerdo.

—No lo dudo, inspector, no lo dudo.

Ambos se sonríen. Arantza se da media vuelta y se dirige a la salida de forma tan ágil y sugestiva como entró. Jon la ve alejarse. Una voz resuena en su cabeza, «Jon, cierra la boca que te va a entrar una mosca».

CAPÍTULO VIII. PRIMERAS PISTAS

La música que emite la radio inunda el habitáculo del vehículo. Le gusta especialmente esta área de *La Traviata*, le emociona la cascada de sentimientos que transmiten Violeta y Alfredo. «Verdi refleja como nadie las emociones humanas». No es que sea un enamorado de la ópera, pero reconoce que en ellas encuentra un escaparate de las pasiones del alma humana: el amor, el desamor, los celos, la envidia, la traición, la venganza…, ¿qué mejor catálogo para un investigador de homicidios?

La emotiva área en la que Violeta se lamenta por el desamor de Alfredo se interrumpe al entrar una llamada telefónica.

—¿Quién es?

—¡Kaixo, jefe! Soy Mikel. ¿Qué tal está? ¿Cómo ha ido la reunión en Gasteiz?

—Kaixo, Mikel. Bien, aunque como te puedes imaginar estas reuniones de coordinación de equipos no son una fiesta y llega un momento en el que tienes cierto grado de aburrimiento. Pero por otra parte viene muy bien para saludar a viejos amigos y conocer nuevos compañeros.

—Me hago cargo, jefe. Le llamo para informarle de las actuaciones que hemos realizado Ane y yo los dos últimos días. No sé si le viene bien ahora o le llamo en otro momento.

—¡Ahora me viene bien! Estoy en el coche de camino a la comisaría, he pasado el peaje de Bilbao y llegaré en pocos minutos. ¿Cómo ha ido todo?

—La verdad, jefe, entre usted y yo, no tengo muy claro qué estamos haciendo. Como usted nos solicitó hemos realizado entrevistas en diversas empresas de esa zona. Varios concesionarios de coches, almacenes de materiales de construcción, talleres mecánicos e incluso pequeñas superficies comerciales, y nadie ha visto nada ni es consciente de haber sido testigo de ningún incidente. Además, cuando nos preguntan que les demos alguna pista para refrescar la memoria no sabemos qué decirles ni indicarles.

Jon escucha atentamente los comentarios de su subordinado y tampoco tiene claro si estas actuaciones tienen algún sentido y cuál es su objetivo último.

—Mantengamos las entrevistas uno o dos días más y si no obtenemos ningún resultado las abandonamos. ¿Habéis terminado por hoy?

—Casi, nos falta una última en el tanatorio, en la carretera cerca de la Feria. La haré yo solo porque Ane ha salido para la comisaría a redactar el informe. Creo que es mejor que lo redacte ella que tiene más capacidad narrativa, le hará mucha falta para intentar explicar todo esto.

—De acuerdo. Como estoy llegando a la zona, si me esperas podemos hacer esta última entrevista juntos. ¿Tienes cita con alguna persona determinada?

—Sí, jefe, le espero. Tengo cita con el Sr. José Luis Rementería, que es el director del tanatorio. ¿Sabe dónde está el tanatorio?

—Sí, no te preocupes, sé dónde está, por desgracia ya he visitado alguna vez sus instalaciones... A propósito, ¿investigaste a ese grupo de lunáticos que se aposta en plan religioso en cada una las actuaciones que tenemos?

—Sí, lo he investigado. Es un grupo que se hace llamar los Renacidos. De carácter marcadamente pseudo religioso, que si no son una secta se parece mucho. Su jefe es un tal Francisco Rodríguez Gómez. Con antecedentes por robo y estafa. Parece ser que la última vez que estuvo en prisión escuchó voces que lo convirtieron en otra persona, de ahí el nombre del Renacido. Cuando salió de la cárcel fundó este grupo y ahora parece ser que vive de ello. Todo un personaje.

—A mí me huele a timo y a estafa, pero por si acaso es otra vía a investigar. Nos vemos en breve.

—Le espero a la entrada, jefe.

Pasados unos pocos minutos el coche del inspector se detiene en el aparcamiento situado frente al tanatorio. Jon desciende del coche a la vez que de un Renault blanco aparcado a unos metros desciende Mikel. Ambos se saludan brevemente y se dirigen a la entrada principal.

El tanatorio es un edificio moderno construido con cristal, acero inoxidable y pequeños toques de madera noble. Los amplios ventanales permiten la entrada de potentes chorros de luz iluminando su interior. Todos los elementos le confieren al edificio una imagen avanzada y vanguardista.

Ambos se dirigen por el centro del amplio hall al mostrador del fondo. A los laterales se extienden diversos pasillos con puertas numeradas, donde se localizan las salas en las que las familias se reúnen para despedir a sus seres queridos. Todo muy aséptico, muy limpio, más parecido a unas instalaciones donde se realizan eventos y congresos que a la última estación en el viaje de la vida.

—¿En qué puedo ayudarles? —les pregunta amablemente la recepcionista al acercarse.

—Somos el inspector Jon Urrutia y el subinspector Mikel Zabala. Tenemos una cita con el Sr. José Luis Rementería.

—Esperen unos momentos, por favor, mientras comunico su llegada.

La recepcionista es joven, con uniforme estilo azafata de congresos de color azul. Todo en ella transmite aire de profesionalidad y buen hacer. Descuelga el teléfono, marca unos números.

—¿Señor Rementería? El inspector Jon Urrutia y el subinspector Mikel Zabala se encuentran en recepción. —Asiente con la cabeza, responde—: Sí, señor. —Y cuelga el aparato—. Pueden pasar, el señor Rementería les está esperando. Tercer piso en el despacho del final del pasillo. Pueden utilizar el ascensor que se encuentra a la derecha.

—Muchas gracias —responden al unísono.

Siguen sus indicaciones y se dirigen hacia el ascensor. Por el camino Jon observa que junto al ascensor se encuentra una señal indicativa de escaleras. Mikel se teme lo peor.

—Jefe, ¿no me hará subir por las escaleras? Este es un sitio muy seguro, no hay más que verlo. Estoy convencido de que pagan un pastón en mantenimiento de ascensor.

—¡Vamos! Que solo son tres pisos. Tu corazón, arterias y pulmones me lo agradecerán.

Minutos más tarde se encuentran en el pasillo del tercer piso. Mikel ligeramente afectado por la ascensión por las escaleras.

—Mis arterias igual se lo agradecen, pero mi corazón y pulmón lo dudo mucho.

—¡Venga, no te quejes tanto! Esa puerta del fondo parece que es la del director.

Se acercan y con los nudillos dan un ligero toque. Se escucha una voz en el interior.

—¡Adelante, adelante!

Abren la puerta y entran. El despacho es de amplias dimensiones, en un lado se sitúa una gran mesa de reuniones flanqueada por ocho sillas, en el mejor lugar, junto al amplio ventanal, se ubica una mesa escritorio de estilo colonial. Frente a la mesa dos asientos del mismo estilo otorgan al conjunto un aire solemne y profesional. Un hombre se levanta del sillón situado tras la mesa y se dirige al encuentro de los inspectores. Parece mayor pero bien conservado, rondando los sesenta, traje azul oscuro, camisa blanca y corbata granate. Luce media barba entrecana, lo que le aporta una imagen de experiencia y competencia.

—¡Señores inspectores! Encantado de recibirles en esta nuestra casa. —Alarga el brazo ofreciéndoles la mano en señal de saludo—. Díganme, ¿en qué podemos ayudarles?

—Buenos días, señor Rementería. Somos el subinspector Zabala y el inspector Urrutia —responde Jon a la vez que le estrechan la mano—. Nos gustaría hacerle unas preguntas, si no tiene inconveniente.

—Por supuesto que no hay ningún inconveniente. Estamos encantados de ayudarles en todo aquello que sea posible. ¿Están ustedes realizando alguna investigación en la que podamos vernos involucrados...? ¿Debería llamar a nuestro abogado? —Sonríe.

—No, no creo que sea necesario, recabamos información por la zona para completar unos expedientes. Es, digámoslo así, una reunión informal.

—Bien, entiendo, hagan el favor de sentarse —les indica señalando los asientos— y pregunten lo que consideren oportuno. Como les decía, encantados de colaborar con las fuerzas del orden público.

Jon y Mikel se sientan en las sillas indicadas. Se acomodan y Mikel lanza la primera pregunta.

—Díganos, señor Rementería, ¿en los últimos dos meses o dos meses y medio han observado usted o sus empleados alguna circunstancia que les haya parecido inusual o anormal?

—Circunstancias inusuales o anormales ¿cómo qué?, ¿a qué se refieren?

—Cualquier hecho que no siga la pauta normal o cualquier incidente extraordinario no habitual en su propio entorno o en sus alrededores.

El director del tanatorio reflexiona unos microsegundos y responde:

—La verdad es que no he percibido nada de lo que ustedes me preguntan ni me ha llegado ninguna información de que alguien de nuestro personal haya comentado o informado sobre el particular. Tengan en cuenta que, por desgracia para las familias que recibimos en nuestras instalaciones, todos los días se producen situaciones que no son muy normales ni habituales.

»La despedida de un ser querido tiene lugar una sola vez en la vida y en la mayoría de las ocasiones suele ser traumática. Nosotros hacemos todo lo que está en nuestras manos para que ese trauma sea lo menos doloroso posible y se sientan acompañadas.

—Lo entendemos perfectamente —comenta Jon—, sabemos que son momentos difíciles. De todas formas, siento insistir, si observa cualquier circunstancia que encaje en las comentadas anteriormente le agradeceríamos que se pusiera en contacto con nosotros. Aquí le dejamos unas tarjetas con nuestro número de teléfono.

—Desde luego, no se preocupen, si tuviera información que comunicarles les llamaría inmediatamente.

—Muy bien, pues eso es todo. No queremos quitarle más tiempo que estará ocupado.

—Ha sido un placer hablar con ustedes.

Los tres se ponen en pie. Una vez que se dan la mano en señal de despedida, Jon y Mikel se dirigen a la puerta y abandonan el despacho.

El silencio los acompaña por el camino de regreso. Sin comentar ni una palabra recorren el largo pasillo y bajan, cómo no, por las escaleras.

—Jefe, ¿no le ha dado la impresión de que el señor Rementería nos oculta algo?

—Sí, yo tengo la misma sensación. Esa pequeña pausa cuando le hemos preguntado si tenía algo que contar denota que se lo ha tenido que pensar, y por lo tanto puede que no sea una respuesta del todo sincera.

Finalizadas las escaleras acceden nuevamente al vestíbulo. En estos momentos la zona se encuentra más animada que cuando llegaron. Varias personas conversan con la recepcionista, quien les da instrucciones de hacia dónde dirigirse para despedir a su familiar, un grupo habla en voz baja visiblemente emocionado, un operario cruza el vestíbulo dirigiéndose a uno de los pasillos laterales.

—Si quieres saber lo que pasa de verdad en un cuartel debes preguntárselo a la tropa —comenta Jon a la vez que sale disparado detrás del operario.

Mikel apenas tiene tiempo de reaccionar para salir apresurado detrás de su jefe. Cruza el hall, gira a la derecha, llegando a tiempo de ver cómo el inspector ha conseguido que el operario se detenga en mitad del pasillo.

—¡Perdone, perdone! ¿Puede atendernos un minuto?

—Sí, por supuesto. Si es algo breve, estoy trabajando y tengo tareas que hacer.

—No le molestaremos mucho. Permítame que me presente, soy el inspector Jon Urrutia y mi compañero es el subinspector Mikel Zabala.

Al operario se le cambia el color de la cara. Es evidente que la identificación de los policías le ha afectado. Esta reacción no pasa desapercibida.

—¿Sería tan amable de indicarnos su nombre y su ocupación?

—Mi nombre es Juan González Iturrioz y soy técnico de mantenimiento.

—Muy bien, señor González, disponemos de informaciones que revelan la sucesión de determinadas incidencias extraordinarias en el funcionamiento de las instalaciones y los servicios de la empresa —Jon se aventura a dejar caer el anzuelo—. ¿Qué nos puede decir al respecto?

—Miren ustedes, yo no quiero problemas. Esa pregunta se la tendrían que hacer a mi jefe o a la dirección de la empresa.

—Usted no se preocupe, ese es otro canal de información que mantenemos abierto. En estos momentos nos encontramos interrogando a los trabajadores y operarios. Si usted coopera en la investigación le consideraremos como informador, su nombre y demás datos no aparecerán en los expedientes. A todos los efectos se le considerará un informante anónimo. En caso de no cooperar, lamentándolo mucho, no tendremos más remedio que adjuntar sus datos al expediente añadiendo la falta de colaboración. En caso de que, posteriormente de esta investigación, se deriven consecuencias administrativas o penales no podemos asegurarle que no le afecten.

Mikel disimuladamente observa a su jefe, «quizás se está pasando con la presión, lo que está haciendo está al límite de la legalidad. Por otra parte, no tenemos nada, merece la pena intentarlo».

Juan González permanece callado unos instantes. En sus ojos se vislumbran las reflexiones y dudas que se cruzan por su cerebro.

—¡De acuerdo! Si me garantizan el anonimato quizás tenga algo que contar.

—¡Bien! ¡Comience entonces! —lo apura Mikel.

—No sé si será importante. El tanatorio dispone de tres hornos crematorios y desde hace dos meses o dos meses y medio el horno número tres no funciona… adecuadamente.

—¿Qué significa que no funciona… adecuadamente? —pregunta Jon.

—Que la incineración no se produce de forma correcta por un problema de combustión, con lo cual las cenizas del difunto son más sólidas y de mayor tamaño que las habituales. A esto hay que añadir que los filtros de este horno están deteriorados y no realizan su función de filtraje debidamente.

—Es decir…, que se les va el muerto por la chimenea —sentencia Mikel.

—Bueno, también podía decirse así. Los servicios de mantenimiento hemos pasado el correspondiente informe a dirección, pero parece ser que la reparación es muy costosa y están esperando a momentos mejores para realizarla.

—No entiendo por qué no se cierra el horno hasta que se repare —se pregunta Jon.

—Porque tenemos mucha demanda y los servicios de familias normales se realizan de día, como siempre, en los hornos uno y dos y para los servicios especiales se habilita el horno tres a las noches, cuando no hay nadie en las instalaciones.

—¿Servicios especiales? ¿A qué se refiere? —interroga Jon.

—Son las cremaciones de aquellos cuerpos que no son reclamados por nadie, ni familiares, ni amigos. El tanatorio mantiene un acuerdo con diversas instituciones, como prisiones, hospitales, residencias, para este tipo de casos.

—¿A ver si lo he entendido bien? —resume Mikel—. El tanatorio recibe cuerpos de diversas instituciones que no son reclamados por nadie. Aprovechando esta situación utilizan el horno tres, que está averiado, para deshacerse de ellos. Esta actuación se realiza de noche para que pase desapercibida y, como también están averiados los filtros, es muy probable que partes del difunto se diseminen por los alrededores.

Juan mueve la cabeza de arriba abajo en señal de afirmación. Jon y Mikel se observan mutuamente preguntándose con la mirada si esa información puede ser el inicio de una verdadera investigación.

—Necesitamos una lista con los nombres de las personas «especiales» incineradas y con las fechas y horas en que estas tuvieron lugar —requiere Jon.

—No sé si podré conseguir esa información. Todos esos datos constan en dirección.

—Seguro que te las arreglas. Tendrás alguna amiga o conocido en las oficinas que te podrá hacer ese favor —le recomienda Mikel—. Recuerda que tu colaboración es fundamental para que te podamos mantener al margen de los problemas que se deriven de todo esto.

Juan traga saliva, acepta las condiciones. Se compromete a hacer todo lo posible para mantener informados a los policías.

Jon se aleja unos metros mientras Mikel y Juan se intercambian los números del móvil para mantenerse en contacto en caso de surgir algo urgente. «¿Y si esto fuera el hilo del que hay que tirar para llegar a la madeja? ¿Y si, por raro que parezca, al final todo esto tuviera algún sentido? No puedo, ni debo, rechazar cualquier indicio por extraño que sea, el tiempo sigue corriendo y cada vez nos queda menos. Seguiremos las pistas y las investigaciones hasta donde nos lleven».

CAPÍTULO IX. VIS A VIS

Todo su cuerpo tiembla como una hoja sacudida por el viento. Ha pasado momentos difíciles, pero ha mantenido la calma. Le cuesta mucho adoptar la imagen de mujer que no tiene nada que esconder. Mantener sin pestañear la mirada inquisitiva de los funcionarios y funcionarias de presiones, como si nada fuera con ella. Difícil, pero necesario.

Una vez que todo ha pasado, en la soledad de la pequeña habitación, todos los nervios y la angustia soportados se apoderan de su cuerpo. Debe controlarse, mantener la serenidad, en cualquier momento aparecerá por la puerta y no quiere que la vea en ese estado.

El mes transcurrido desde el último vis a vis ha discurrido lentamente. Se pregunta cómo encontrará a su marido. Las dudas y la incertidumbre no contribuyen a su tranquilidad. Al menos ha cumplido con su encargo, espera que esto lo serene.

El recinto que la cárcel dispone para este tipo de encuentros es exiguo, apenas amueblado con una cama, dos mesillas, dos sillas y un pequeño baño, solo lo estrictamente necesario para cumplir su función. Todo en él contribuye a que sea más factible practicar el sexo que el amor.

La puerta se abre con un sonido metálico. Pedro aparece en el umbral con una ligera sonrisa. Tiene buen aspecto, quizás un poco más delgado. Manoli, de un salto, se levanta de la silla dirigiéndose hacia su marido. Lo besa en los labios, él responde tibiamente.

A pesar de cerrarse la puerta a sus espaldas, Pedro permanece detenido cerca de la entrada escuchando cómo los pasos del funcionario se alejan por el pasillo.

—¿Me has traído lo que te encargué? —pregunta Pedro.

—Sí, cariño, te lo he traído, tal y como me lo pediste. —Manoli le enseña varios pequeños paquetes envueltos en látex.

—Muy bien, buen trabajo —responde Pedro mientras los oculta entre sus ropas.

—¿Cómo vas a hacer para que no te descubran cuando te cacheen a la vuelta?

—No te preocupes por eso. He llegado a un acuerdo…, digamos comercial, con los guardias que me devuelven al agujero.

Ella asiente con la cabeza en señal de aprobación. Ve a Pedro más relajado ahora que tiene su mercancía, quizás sea este el momento de plantearle que esto de las drogas no lo ve nada claro.

—Escúchame, mi amor, tengo que decirte que lo paso fatal cada vez que te hago un encargo «especial». Los días anteriores no puedo dormir, temo que me detengan y me envíen a prisión.

Manoli hace una pequeña pausa para retomar el aliento. No es fácil planteárselo, pero tiene que superar su miedo y atreverse.

—Varias veces han estado a punto de cachearme en profundidad. De momento, he tenido suerte. En una ocasión examinaron a la mujer que iba delante y otra vez a la que estaba detrás. Es cuestión de tiempo que me toque a mí.

Pedro no dice nada, solo la mira fijamente como si no comprendiera lo que le está exponiendo. Para Manoli es el momento de tener valor y sacarlo todo, no quedarse con nada dentro.

—Si me detienen y acabo en la cárcel, ¿quién va a cuidar de nuestros hijos, de Germán y Rocío? Todavía no son lo suficientemente mayores para valerse por sí solos. Aún me necesitan.

Pedro, por fin, reacciona. Adelanta su cuerpo hasta posicionar su rostro frente al de su mujer. La mira fijamente a los ojos mientras sostiene su cara con la mano.

—Creo, mujer mía, que no has entendido la situación. Así que amablemente te la voy a explicar, una sola vez, porque no pienso repetirlo.

Manoli traga saliva con dificultad. Sabe que su marido va en serio, no retrocederá por nada ni por nadie. Lo ha visto más veces en situaciones parecidas y si no consigue lo que quiere se puede transformar en una persona muy peligrosa.

—Tengo entre manos un negocio de venta de drogas en la cárcel. No ha sido fácil comenzarlo. Vencer la resistencia de la competencia, ganarme la confianza de los clientes. En resumidas cuentas, hacerme un hueco cada vez mayor. ¿Cómo lo hago? Dando un buen producto a un buen precio. La verdad es que tampoco ha sido muy complicado porque lo que se vendía era una mierda y muy cara, consecuencias de la falta de competencia. Solo era necesario que llegara alguien con los contactos suficientes y un par de huevos.

Manoli apenas puede asentir con la cabeza, nota cómo sus ojos se humedecen, cómo su cuerpo y su alma se van reduciendo lentamente.

—¿Qué necesita tu marido para seguir prosperando en su negocio?… Un suministro constante de mercancía. Si no hay suministro los clientes se van a buscarlo a otro sitio y se acabó. Por eso es imprescindible que continúes aportando los… encargos especiales. Me da igual en qué orificio de tu cuerpo lo introduzcas mientras cumplas con tu función. No es negociable.

»En cuanto a los hijos, ya es momento de que vayan comprendiendo lo dura que es la vida. Que nadie regala nada, que hay que luchar con uñas y dientes arriesgándolo todo si es necesario. Si tienes la mala suerte de que te detengan, seguro que tu hermana podrá hacerse cargo de ellos por un tiempo hasta que uno de nosotros salga del talego. No podrá negarse si no quiere que le haga una visita para agradecérselo.

—No sé si voy a poder —balbucea Manoli en un susurro apenas audible—, me pongo muy nerviosa, siento que me faltan las fuerzas.

—Creo que me he explicado con claridad, pero por si tienes alguna duda te haré un resumen, como me dejes aquí tirado sin cumplir con tu obligación juro por nuestros hijos que cuando salga te buscaré allí donde estés, te rajaré desde la tripa hasta la garganta y luego me sentaré tranquilamente a comerme tus entrañas.

Lo que escucha de Pedro le afecta profundamente, está aterrada, jamás pensó que podría llegarse a esta situación. Este no era el hombre con el que se casó, con el que pensó que podrían hacer juntos el camino de la vida. Qué enorme equivocación, ¿cómo salir de esta trampa?, ¿cómo salvarse?, ¿cómo salvar a sus hijos?

—Está bien, cariño. Lo he comprendido. Haré todo lo que me pidas —responde tragándose los sollozos, que luchan por salir de su garganta.

—Bien. Veo que ahora nos entendemos. Ves como no era tan complicado.

Pedro se levanta de la silla, mira el reloj de la pared y comienza a desabrocharse los botones de la camisa.

—Apenas nos queda tiempo y queda pendiente hacer otra de las cosas buenas que tienen estas visitas. ¡Desnúdate y ponte boca abajo en la cama! Me apetece hacerlo así.

Manoli se levanta y sin decir palabra alguna se desnuda pausadamente. Cuando finaliza se tumba en la cama con la cara apoyada en la almohada. Siente cómo él, visiblemente excitado, se coloca sobre su espalda. Cómo su miembro se introduce en su cuerpo sin contemplaciones, sin miramientos. Escucha sus jadeos sobre la nuca. Dos lágrimas asoman en sus ojos, lentamente descienden por sus mejillas hasta depositarse sobre la almohada.

***

Jon contempla con cierta desgana el montón de expedientes sobre su mesa. Ha revisado unos cuantos, pero todavía le queda por ver un número parecido. No esperaba que el técnico Juan González fuera a cumplir su compromiso tan rápido. Les ha enviado una lista con los nombres de los clientes usuarios del horno crematorio número tres del tanatorio de los últimos dos meses y medio.

Por lo que ha podido ver hasta ahora todos son pobre gente que, por cuestiones de la vida, no tienen familiares ni amigos que, llegado el último momento, quieran hacerse cargo de sus restos. Normalmente son reclusos, pacientes de sanatorios mentales o moradores de residencias de ancianos. Todo muy triste.

No tiene muy claro qué está buscando, pero tiene la intuición de que hay algo en todos esos papeles de lo que tirar. Lo que se suele decir, buscar una aguja en un pajar.

El sonido del teléfono lo saca de sus pensamientos. Intenta descolgarlo si es capaz de localizarlo entre este mar de papeles que cubre su mesa. Por fin lo descubre.

—¡Sí, dígame!, el inspector Jon Urrutia al habla.

—Inspector. Buenos días. Soy Arantza Uriarte.

—Egun on, Arantza. ¿Qué tal está? ¿Cómo le va todo?

—Muy bien, inspector. Muchas gracias. Le llamaba en primer lugar para agradecerle que me haya hecho partícipe de sus investigaciones respecto al tanatorio Rementetxea SL y que me haya enviado la lista de los clientes… especiales.

—No hago si no cumplir con nuestro compromiso de colaboración. Pero recuerde, nada de publicaciones hasta que no tengamos unas pistas claras o vislumbremos la resolución al final del camino. Lo que menos nos hace falta es un montón de habladurías y especulaciones circulando por los medios.

—De acuerdo, inspector. Yo también cumpliré con mi palabra.

—Muy bien. ¿Eso es todo?

—También quería comentarle que he realizado unas pequeñas averiguaciones periodísticas y hay algunas coincidencias que por lo menos me parecen interesantes.

—Bien, usted dirá.

—De la lista que me ha enviado, que por cierto tengo curiosidad de saber cómo se ha hecho con ella…

—Recuerde que somos la Policía y tenemos nuestros métodos.

—Por supuesto. Bien, como le decía he hecho una comparación entre las fechas en las que se producen los hechos investigados y las fechas en las que tienen lugar las incineraciones de la lista y existen varias coincidencias muy significativas.

—¿Por ejemplo?

—La noche en la que fue atacada y asesinada la Sra. Elvira Zárraga se produjo la incineración del Sr. Fernando Medina. Según las crónicas periodísticas este hombre, llamado Nando en los bajos fondos, era un sujeto de muy malas pulgas, dedicado al robo y al trapicheo de drogas. Muy violento, se exaltaba por cualquier cosa y no tenía medida en la reacción. Murió en la cárcel. Literalmente, le cosieron a puñaladas en las duchas. Perece ser que se violentó con quien no debía.

—Interesante. ¿Alguna información más?

—La noche en la que se suicidó Pablo López se incineró a Daniel Zubeldia. El Sr. Zubeldia era un interno del hospital psiquiátrico. Estaba ingresado por varios intentos de suicidio. Lo intentó con una ingesta masiva de pastillas, de la que fue rescatado por una rápida actuación de los servicios de urgencias y un profundo lavado de estómago. Posteriormente utilizó unas sábanas para colgarse, intento que falló por la pronta respuesta de los cuidadores. La última vez se lanzó escaleras abajo, con tan mala fortuna de que se rompió el cuello. Como puede ver una persona bastante desequilibrada.

—Me hago cargo. ¿Qué me puede decir del tercer caso?

—La noche en la que David Zubieta atacó y mató a su amigo Koldo fue incinerado Rodolfo Guzmán. Rodolfo era un pandillero de los DDP (Dominican Don't Play) bastante violento. Estaba relacionado con robos, tráfico de drogas y agresiones de todo tipo. La diferencia entre Rodolfo y sus colegas radicaba en que, mientras que los demás atacaban a los miembros de bandas rivales, Rodolfo además utilizaba la violencia contra sus propios compañeros si se le oponían. Falleció en la cárcel por una caída desde la galería del tercer piso. Se sospecha que fue una venganza de una banda rival, pero no se ha podido probar.

—Veo Arantza que tiene buena información. Muy útil, por cierto. Haremos las investigaciones necesarias para comprobarlo. Le agradezco su ayuda y colaboración.

—Muchas gracias, inspector. Yo solo le puedo aportar las informaciones de las que dispongo a nivel periodístico, entiendo que ustedes podrán ampliarlas con las bases de datos que disponen a nivel policial.

—Sí, por supuesto. De todas formas, si usted tiene razón y nosotros lo corroboramos, ¿se da cuenta a dónde nos lleva esta línea de investigación?

—He pensado en ello. En general, creo que soy una mujer bastante abierta de miras y que puedo aceptar para un hecho concreto diversas explicaciones. Pero he de ser sincera y decirle que estos indicios me ponen los pelos de punta. La verdad, me da un poco de desasosiego.

—No adelantemos acontecimientos. Revisaremos paso a paso todas las pruebas y analizaremos todas las hipótesis viables, sin descartar ninguna. El tiempo y el trabajo meticuloso nos dirán hacia donde nos dirigimos.

—Muy bien, inspector. Estoy de acuerdo. Cuento con que me mantenga informada con los avances que se produzcan. Y ya sabe que puede contar conmigo para lo que necesite.

—Muchas gracias de nuevo. La mantendré informada.

—¡Agur, inspector!

—¡Agur, Arantza!

Jon cuelga el teléfono y permanece pensativo. Ante Arantza ha mantenido el tipo, pero la verdad es que le preocupa la deriva que están tomando los casos. Si esas coincidencias existen no puede cerrar los ojos y hacer como si fuera casualidad. Demasiada casualidad. Y eso nos lleva a determinar que puede existir una relación directa entre la incineración de unos cuerpos con lo sucedido en la vida de unas personas en el mismo tiempo y espacio. Es decir, el mundo de los muertos afectando y alterando el mundo de los vivos.

Esa hipótesis no puede ser viable, no puede ser real. Se niega a aceptar que sea posible. Tiene que haber otra explicación, tiene que buscarla y encontrarla lo antes posible. Sin embargo, toda su vida la ha dedicado a seguir las pistas, las pruebas, método, método y método. Ahora no puede cambiar, no va a cambiar.

CAPÍTULO X. EL BUEN RETIRO

—Parece que hoy tenemos una noche tranquila.

—Sí, eso parece, aunque no hay que fiarse, todo puede cambiar en un segundo.

María Herminia y Maider conversan relajadas mientras saborean el café humeante vertido en ambos vasos de plástico. El recipiente no es el más indicado para disfrutar de la infusión, pero al menos el café es de calidad. En su sala de descanso, el personal de la residencia El Buen Retiro tiene a su disposición una máquina de cápsulas con las que se pueden preparar cafés al instante sin necesidad de acudir a la odiada máquina expendedora dispuesta para las visitas.

La residencia es un edificio de aspecto funcional, más parecido a un ambulatorio de la Seguridad Social que a una casa de retiro y reposo para personas mayores. Consta de una planta baja con servicios generales, comedor, sala de ocio, varios despachos de consultas médicas, cocina, lavandería, sala de visitas, sala de descanso del personal y cuatro plantas destinadas a las habitaciones de los residentes. Se sitúa en una pequeña loma que ofrece unas excelentes vistas de los montes que rodean Barakaldo y de las edificaciones arremolinadas a sus pies. Su privilegiada posición le permite aprovechar las sanas ráfagas de aire procedentes de la naturaleza montañosa cercana, y si estas cambian de dirección recibe a su vez el aire húmedo y salino del cercano mar Cantábrico. Salud y bienestar por ambas partes.

—Dime, Maider ¿Cómo llevas estos meses de prácticas? ¿Estás a gusto? ¿Te parecen interesantes? —pregunta con curiosidad Herminia.

—Sí, por supuesto. En estos cuatro meses de prácticas he aprendido mucho, más que todo el tiempo que me he pasado estudiando en los libros. Las prácticas, al acabar los estudios, son súper importantes para saber mejor cómo va a ser tu trabajo y qué se espera de ti.

—Me alegro que te sean de utilidad.

Por unos instantes permanecen en silencio aprovechando para tomar unos pequeños sorbos del rico café. A estas primeras horas de la noche la calma inunda todos los rincones de la residencia, el ambiente incita a charlar amigablemente de temas más personales, a rellenar el tiempo pendiente en esta larga noche de guardia.

—Y tú, Herminia, ¿cuánto tiempo llevas trabajando en la residencia? —pregunta Maider.

—Va para cinco años. ¡Jesús, cinco años ya! Qué rápido pasa el tiempo.

—¿Es el primer trabajo que tuviste cuando llegaste de tu tierra?

María Herminia la mira con cariño. No le gusta hablar de su vida, ni de sus nostalgias y sueños, piensa que no le interesan a nadie, solo a ella y a sus seres queridos. Pero ¿por qué no hablar de ello con Maider?, es tan joven, tan inocente. Además, no tienen otra cosa que hacer para pasar el tiempo.

—Vine de mi Colombia del alma hace ocho años con mi esposo Juan Carlos y mi hijo mayor Edwin. Allí dejé la mitad de mi corazón, mis hijos pequeños, Jonathan Jesús y Gabriela Antonia.

—¿Tienes dos hijos en Colombia? ¡Qué palo!, ¿cómo lo llevas?

—Lo llevo mal, muy mal. Hace ocho años eran muy pequeños. Mi marido y yo pensamos que era mejor para ellos que se quedaran allí, terminaran sus estudios y luego, cuando fueran más mayores, si todavía seguíamos aquí, traerlos con nosotros.

—¿Con quién están? Supongo que los habréis dejado con personas de confianza.

—Los cuidan los abuelitos, mi mamá y mi papá. No tengo palabras ni cariño suficientes para agradecer a mis padres lo que se sacrifican por nosotros. Todos los meses les enviamos plata para ellos y para los gastos de mis hijos.

—Claro, por supuesto.

—Cuando llegamos no fue fácil. Tuvimos que trabajar duro para enviar plata, pero sin papeles la cosa se complica bastante. Aceptábamos cualquier trabajo, del tipo que fuera. Mi esposo comenzó a trabajar en la construcción, mi hijo en las mudanzas subiendo y bajando muebles, y yo limpiando casas.

—Todos los trabajos bastante duros.

—Sí, pero no nos importaba. Lo importante era ingresar plata para nuestros gastos y para reportar a Colombia. Cuando, por fin, conseguimos los papeles la situación cambió bastante. Mi esposo sigue trabajando en la construcción, pero ahora con contrato y condiciones dignas, mi hijo trabaja como camarero y obtiene un extra con las propinas. Y yo…, aquí me ves.

—¿Y cómo pasaste de limpiar casas a auxiliar en un geriátrico?

—Escuché en la radio que un sector de futuro era el de las personas mayores. Que en este país cada vez hay más personas con avanzada edad y que se necesitaría mucho personal para cubrir tanta necesidad. Y pensé… ¡ahí tengo que entrar como sea para asegurar el trabajo! Me apunté a un curso a distancia y con mucho esfuerzo, porque el estudiar nunca se me ha dado muy bien, lo conseguí. La necesidad, a veces, logra milagros.

—¿Te costó mucho comenzar a trabajar en la residencia?

—La verdad es que no. Presenté, cómo se dice, el corrilum…, o algo así.

—Creo que te refieres al currículum.

—Sí, eso mismo, y como vieron que tenía experiencia en limpieza de hogares y que también había cuidado ancianos en casas, me hicieron contrato de la misma. Con un periodo de prueba extenso, por si acaso. Hasta hoy.

—Me parece muy interesante todo lo que me has contado. La verdad es que no somos conscientes del enorme esfuerzo que muchas personas tienen que hacer para salir adelante. Irse de su país, dejar atrás a familiares y amigos, adaptarse a otras personas y costumbres.

—Sí, quizás tengas razón. A mí no me parece para tanto. Como te decía antes, cuando la necesidad aprieta somos capaces de hacer cosas que no pensábamos que eran posibles.

La puerta de la sala se entreabre apareciendo la figura de la supervisora de noche, Patricia.

—Siento interrumpiros el descanso, pero hay lío en la habitación 412 y necesito que os paséis para ver qué sucede. Parece ser que Teresa la está volviendo a liar.

María Herminia y Maider se levantan inmediatamente, poniéndose en camino.

—Vamos ahora mismo, Patricia.

Toman el ascensor y descienden en la cuarta planta. La habitación 412 se encuentra a la izquierda al final del pasillo, a la que se encaminan con paso rápido.

—No conozco muy bien a la residente Teresa. ¿Qué me puedes contar de ella? —pregunta Maider.

—La señora Teresa lleva con nosotros casi cuatro años. Que sepamos, no tiene familiares. Cuando ingresó sufría ciertas limitaciones físicas y alguna pequeña laguna mental, pero en estos años ha ido empeorando y ahora necesita ayuda para todo, incluido desplazarse con silla de ruedas. Mentalmente está muy perdida.

—Si no tiene familiares, ¿quién se hace cargo? Yo la he visto con alguna visita.

—Parece ser que la señora Teresa cuidó a varias generaciones de niños de una familia muy acomodada de Bilbao. Ha servido para ellos hasta su jubilación. En consideración a todo este trabajo, y porque supongo que le tendrán cariño, ellos se hacen cargo de todo.

—Pues es un detalle a agradecer. En estos tiempos no quedan muchas personas que miren al compromiso cara a cara.

Manteniendo la conversación se sitúan frente a la puerta de la habitación 412. María Herminia la abre y cruza el umbral seguida de Maider. Nada más entrar perciben inmediatamente cuál es el problema. Un hedor intenso y penetrante llena la estancia. Por si tuvieran alguna duda Teresa se encarga de despejarla.

—¡Zorras, putas, aquí estoy yo revolcándome en mi mierda y vosotras por ahí tocándoos la castaña!

—Señora Teresa, no se ponga así con nosotras, que venimos a ayudarla —responde María Herminia—. ¡Maider, toma los utensilios de limpieza y empecemos!

Entre ambas sujetan a Teresa, la giran hacia un lado de la cama e inician las labores de limpieza corporal de la residente. Toda la operación se realiza acompañada de un surtido variado de insultos e improperios lanzados por Teresa, quien no se calla ni un momento. Finalizada la limpieza la acomodan nuevamente en la cama.

—Señora Teresa, ya está limpia como una rosa y ahora toca descansar y dormir.

—¡Tú eres la peor! ¿Crees que no me he dado cuenta de que entras a las noches en mi cuarto, me abres los cajones para robarme el dinero y las joyas? ¡Maricona!

—Señora, creo que se confunde, yo no necesito robar nada porque afortunadamente soy rica, dinero y joyas me sobran.

—¡Todos los indios como tú sois iguales, unos ladrones! ¡Os voy a denunciar a la Policía!

—Bueno, nos denuncia mañana, ahora a dormir que ya es hora.

María Herminia se dirige a la ventana, abriéndola para que la brisa de la noche refresque y disipe el hedor que llena la habitación. Junto a Maider abandona la habitación, cerrando la puerta al salir.

—¡Qué carácter! No sé cómo puedes aguantar tal cantidad de insultos, toda esa falta de respeto —comenta Maider.

—Es parte de nuestro trabajo. Cuando sucede algo parecido pienso que esa persona no era así antes, que es producto de la enfermedad y de los estragos del tiempo. También ayuda mucho pensar que esa señora podría ser mi mamá, mi viejita, a la que no veo desde hace años y me gustaría que alguien la cuidara igual de bien que intento cuidar yo a mis residentes.

Maider permanece callada, pensativa, reflexionando.

—Te admiro, ¡la mejor clase de prácticas de mi vida!

—Venga, no me hagas la pelota que yo no tengo que puntuarte. Recoge las sábanas, la ropa manchada y bájala a la lavandería. Una cosa, no tomes el ascensor, que se queda el olor dentro y tarda horas en desaparecer.

—Entendido, bajo por las escaleras.

—Yo me quedo unos instantes por esta planta. Reviso que todo esté bien y cuando acabe y cierre la ventana de la señora Teresa bajo.

Maider desciende los cuatro pisos con cuidado de no tropezarse con la colada que porta, alcanza la planta baja y se dirige al cuarto de la lavandería. Está a punto de entrar cuando escucha un grito e instantes después un fuerte golpe. Arroja la ropa dentro de la lavandería y sale corriendo en dirección al grito que acaba de escuchar. ¿Qué habrá pasado?

***

En plena noche las luces de los vehículos policiales tiñen de azul la fachada de la residencia El Buen Retiro. Agentes uniformados entran y salen del edificio, mientras que los que se encuentran en el exterior acordonan la zona, como en ocasiones anteriores un nutrido grupo de curiosos rodea la entrada. En el interior varios agentes de paisano toman notas e interrogan a los testigos. Sobre el suelo, al pie de las escaleras, un bulto cubierto adivina el cuerpo de una persona. Mikel y Ane se encuentran intercambiando comentarios en la escena del crimen. Jon, que acaba de llegar, se dirige a ellos.

—Bueno, chicos, contadme, ¿qué tenemos?

—La fallecida es María Herminia, trabajadora de la residencia desde hace aproximadamente cinco años. Una persona muy apreciada por todos, compañeros de trabajo y residentes —responde Ane.

—Parece ser que se cayó por el hueco de las escaleras desde el cuarto piso, no pensamos que se tirara porque no encaja con un suicidio —amplía Mikel.

—Por lo tanto, solo nos quedan dos hipótesis, o se cayó y por lo tanto es un accidente, o la tiraron, en cuyo caso sería un asesinato —apunta Jon.

—Todo apunta a que es un trágico accidente, aunque hay algunos puntos que no terminan de encajar, como una ficha de un puzle que es de diferente tamaño.

—Bien, Ane, explícate un poco más.

—Sí, inspector. He subido al cuarto piso desde donde se precipitó María Herminia y en el suelo, cerca del hueco de la escalera, hay un charco de líquido, probablemente se derramaron productos de limpieza al caer, y unas huellas de ruedas que van desde ese lugar a la puerta de la habitación 412. También hay marcas de pisadas que tienen la forma propia de una suela de zapatillas.

Jon escucha atentamente el relato. Tiene razón, algo no encaja del todo, quedan sombras por aclarar.

—Testigos. ¿Tenemos testigos que puedan declarar? —pregunta Jon.

—Tenemos a Maider, que es la compañera de la víctima que ha descubierto el cuerpo. Ha declarado que acababan de hacer un servicio justo en la habitación que ha comentado Ane. No ha podido decir más porque está muy afectada. En estos momentos la están tratando los sanitarios de un cuadro de ansiedad aguda —responde Mikel.

—La jefa del servicio nocturno no ha visto nada. Se encontraba en esos momentos en la oficina adelantando tareas burocráticas. Aunque hay una residente del cuarto piso, una tal Julia, que declara que escuchó un ruido, se asomó a la puerta de su habitación y vio como Teresa, la ocupante de la habitación 412, se acercaba a la fallecida por la espalda sigilosamente con su silla de ruedas, se reincorporaba de la silla y la empujaba por encima de la barandilla de la escalera mientras le decía «jódete, maricona» —relata Ane.

—¡Bien, bien, bien! —exclama Jon—. Tenemos una testigo ocular para tirar del hilo.

—Yo no sería tan optimista, inspector, porque cuando Julia se enteró de que además de mujer era policía quiso aprovechar la situación para poner una denuncia. Según ella una noche de la semana pasada, cuando estaba dormida, se introdujo en su cama Antonio Machín, quien susurrándole al oído le cantaba «dos gardenias para ti…» y luego le solicitaba sexo.

Jon y Mikel se miran sin decir nada, tienen que hacer verdaderos esfuerzos para no reírse.

—Y esas, vamos a llamarlas anomalías, ¿le suceden muy a menudo a la señora Julia? —pregunta Jon.

—Según la jefa del servicio, al menos la mitad del tiempo.

—Bueno, testigo descartada. Aunque me hace sospechar por las huellas que has comentado que es probable que lo que relata la testigo lo haya visto en su cincuenta por ciento bueno. Nunca lo sabremos. Recoged toda la información y pruebas posibles para adjuntarlas al expediente y en comisaría lo estudiaremos por si podemos llegar a alguna conclusión.

—De acuerdo, jefe —responde Mikel.

—En el exterior he vuelto a ver a ese grupo de lunáticos que se hace llamar los Renacidos. Siempre que sucede un hecho trágico están ellos presentes. Creo que ya va siendo hora de que les hagamos una visita y comprobemos si existe alguna conexión.

—Si está de acuerdo, inspector, me gustaría ir con usted, yo también tengo curiosidad.

—Por supuesto, Ane, no hay problema. Iremos los dos.

—Gracias, inspector.

Mikel y Ane se giran y se encaminan a proseguir con las investigaciones y declaraciones. Según se alejan Jon puede oírles cómo conversan animadamente.

—Pues a mí si se me aparece Marta Sánchez a solicitarme sexo no creas que iba a poner muchas pegas.

—¿Marta Sánchez? Mikel, te has quedado un poco atrás.

—Qué pasa, es mi amor de juventud no correspondido, me ha creado una necesidad psicológica… «Soy yo, la que sigue aquí…, soy yo, te lo digo a ti…».

—Dios mío, dame paciencia —se resigna Ane.

CAPÍTULO XI. VIDA DE PAREJA

Todos los pabellones del polígono industrial Kareaga parecen iguales. Todos menos el número siete. Frente a su puerta, Jon y Ane observan con curiosidad la imponente pintura que cubre su fachada principal. Una enorme cruz se superpone sobre un luminoso sol de color amarillo. En su base una inscripción igualmente grande y colorida: «Renacidos».

Jon golpea ligeramente la puerta metálica. Al cabo de unos segundos se abre lentamente con un ligero chirrido metálico. El semblante de una chica joven los contempla, parece confusa y sorprendida.

—Sí, ¿qué quieren?

—Hola. Somos el inspector Jon Urrutia y la agente Ane Barrenetxea, de la Ertzaintza. Nos gustaría hablar con el Sr. Francisco Rodríguez Gómez.

—¿Francisco Rodríguez?... ¿Francisco Rodríguez? ¡Ah! ¿Se refieren ustedes al Profeta?

—Sí, exactamente —confirma Ane.

—Esperen un momento, por favor, que voy a ver si está.

Acto seguido la muchacha cierra la puerta. Los policías se miran mutuamente preguntándose «¿el Profeta, de qué va esto?».

Pasados unos segundos interminables, por fin se abre. La joven les invita a pasar.

—Pueden esperar aquí. En un momento les recibirá.

Asienten con un movimiento de cabeza, dirigiéndole una ligera sonrisa. El interior es más sombrío, tardan unos instantes en adaptar sus ojos a la penumbra. A medida que esto sucede surge de las tinieblas la imagen de una iglesia, sus bancos de oración, un confesionario, imágenes y esculturas, al fondo el altar bellamente decorado, en una esquina un púlpito de piedra. El conjunto genera una imagen de solemnidad y fortaleza, «un decorado muy bien montado», deduce el inspector mientras lo observa detalladamente.

—¿Me buscaban para algo? Soy Francisco Rodríguez, el Profeta. Bienvenidos a nuestra casa.

Los policías se giran y observan a la persona que les habla. Francisco Rodríguez es un hombre de cierta edad, deducen que rondará los sesenta años, delgado, con barba y largos cabellos grises, de indumentaria sencilla, sin adornos superfluos, la viva imagen de un eremita.

—Muchas gracias, señor Rodríguez. Soy la agente Ane Barrenetxea y mi compañero es el inspector Jon Urrutia. Desearíamos hacerle algunas preguntas.

—Bien. Ustedes dirán.

—En primer lugar, me gustaría expresarle —toma la palabra Jon— lo impresionante que son sus instalaciones. Uno se siente como en una iglesia de verdad. Les habrá costado mucho tal despliegue de medios.

—Este es un lugar no consagrado, pero para nosotros también es la casa de Dios. El Señor está en todas partes. Respecto al coste, toda nuestra ofrenda al Creador ha sido posible con las generosas donaciones de nuestra Gran Familia. ¿Alguna otra pregunta?

—Sí —vuelve a tomar la palabra el inspector—. En las últimas semanas, por desgracia, en esta zona han sucedido hechos lamentables, como diversas muertes violentas. La cuestión es que cuando nosotros llegamos a ese escenario su Gran Familia, como usted les llama, ya están ahí presentes. Dígame, ¿cómo es esto posible? ¿Tienen información que nosotros desconozcamos? ¿Tiene algo que contarnos que nos pueda ser de ayuda?

El Profeta se toma su tiempo para responder. Jon y Ane esperan con cierta impaciencia.

—Lamentablemente, no creo que lo comprendan. Ustedes viven en la obscuridad, todavía no han visto la luz, pero tengan fe, llegará un día que el Señor iluminará su camino. El Creador me ha otorgado la gracia de ser el instrumento de sus deseos. Ciertas noches percibo cómo una fina lluvia se deposita sobre mí y sé que muy cerca un hijo de Dios va a abandonar este mundo. Nosotros nos movilizamos, como la Gran Familia que somos, localizamos esta alma descarriada, la despedimos con serenidad y nos alegramos porque pronto estará a la diestra del Señor.

Nuevamente se hace el silencio. No saben qué pensar, no encuentran las palabras adecuadas para responder. Pasados unos instantes de confusión Ane, por fin, se atreve a responder.

—Bien, pero además de esto que nos ha comentado ¿no tiene más que decir?

El Profeta da un paso adelante y se sitúa frente a ellos.

—Como decía, ustedes no están preparados para comprender, no ha llegado aún el momento. De usted, inspector, no lo esperaba tanto. El sufrimiento que veo en sus ojos pensaba que le había acercado a la verdad. La pérdida y la ausencia de un ser querido normalmente te hacen más... permeable.

Jon no puede aguantar más. Este último comentario le satura de tanta tontería escuchada, además de producirle un profundo dolor. «¿Qué sabrá este gilipo...?».

—Bien, muchas gracias por su atención —expresa de mala manera el inspector—. Si se le ocurre algo más llame al teléfono que figura en esta tarjeta. Estaremos en contacto.

Sin esperar respuesta, los policías se dan media vuelta y se dirigen rápidamente a la salida.

—Inspector, este hombre está poco cuerdo me parece a mí —comenta Ane en cuanto salen del edificio.

—O se hace el loco. Así que por si acaso hay más de lo que parece solicita una orden de registro. No me fío ni un pelo del... Profeta.

—Pero, inspector, para solicitar una orden de registro al juez necesitamos unas causas y evidencias que la justifiquen.

—Me comentó Mikel que se te da muy bien la narrativa. Este es el momento de que hagas buen uso de ella.

Sin decir más se suben al vehículo y abandonan el polígono industrial rumbo a la comisaría. Ane no deja de pensar en cómo va a justificar la solicitud de la orden. Seguro que se le ocurrirá algo.

***

El reloj de la pared señala las once cuarenta. Desde primeras horas de la mañana Jon se encuentra reunido en su despacho con su equipo repasando y revisando la información de la que disponen. Sobre la mesa de reuniones se apilan todo tipo de informes y dosieres. Un amplio mapa de la zona de Barakaldo se expone sobre la pared sujetado por cuatro chinchetas. Sobre él, algunos alfileres de colores señalan distintos puntos.

Unos vasos de plástico manchados de café se encuentran diseminados por diferentes puntos del despacho. Apenas clareaba la mañana cuando comenzó la reunión de trabajo y no muestra signos de finalizar. Mikel se levanta de la silla y se coloca frente al mapa expuesto en la pared.

—Lo que es evidente y son hechos probados es que en el transcurso de aproximadamente dos meses y medio se han producido una serie de muertes violentas en un espacio geográfico muy determinado. Como se puede ver en el mapa —señala los alfileres de colores—, todos ellos están ubicados en una zona determinada de Barakaldo cercana a la Feria de Muestras. Si realizamos un círculo abarcándolos todos —Mikel dibuja un círculo con su lápiz— observamos como en el epicentro hipotético de este círculo se encuentra el tanatorio Rementexea SL. —Marca la localización del tanatorio con una enorme aspa.

»Por otra parte, estas acciones coinciden casualmente los mismos días y a horas cercanas con la incineración de varios cuerpos de personas, vamos a llamar «especiales». Además de las coincidencias señaladas anteriormente por la periodista Sra. Uriarte, y comprobadas por nosotros, en el último suceso, el de la residencia, se incineró el cuerpo de la Sra. Dolores Sánchez. Esta mujer era residente del psiquiátrico de Zamudio, falleció de muerte repentina y según el informe que me ha llegado era una enferma con brotes agresivos e incluso violentos con sus cuidadores, especialmente con las cuidadoras de origen latino.

»Sabemos también que las instalaciones del crematorio no están en las mejores condiciones y que tienen graves problemas técnicos para la eliminación de ciertos cadáveres. —Mikel toma un ligero respiro para continuar—: Y ahora una reflexión importante. No hemos descubierto ninguna otra línea de investigación a señalar salvo sospechas por el comportamiento extraño de ese grupo que se hace llamar a sí mismo los Renacidos y su líder, el Profeta. No hemos encontrado ningún tipo de relación entre las víctimas, ni sospechas fundadas de cualquier tipo. La investigación se encuentra en línea muerta, más cercana a cerrarse bajo la versión oficial de hechos aislados y casuales que a otro tipo de resolución.

Finalizada la exposición de Mikel, un profundo silencio se extiende por todos los rincones del despacho.

—Gracias, Mikel. Ha sido muy clara tu presentación —comenta Jon—. Debemos acelerar nuestras indagaciones. La comisaria Artetxe me está presionando para dar carpetazo según la versión oficial, no tenemos mucho más tiempo y llegados a este punto creo que la única vía posible de investigación es continuar con la opción más factible, la del tanatorio, sin perder de vista a nuestro amigo el Profeta, que no me parece trigo limpio, me huelo que sabe algo.

Ane, que hasta ese momento permanecía callada, levanta tímidamente la mano.

—¡Vamos, Ane!, no hace falta que levantes la mano para hablar, aquí todos somos compañeros. ¿Qué es lo que querías decir?

—Con el permiso de usted, señor inspector, y de Mikel, yo no veo nada claro continuar por esa línea de investigación. A mi modo de ver, no hay ningún indicio evidente que nos conduzca en esa dirección, más me parece que son especulaciones y conjeturas varias sin posibilidad de concretarse en hechos demostrados. Por otra parte, esta vía de investigación nos conduce a un territorio cercano a la parapsicología y los fenómenos extraños, que se aleja mucho del mundo científico en el que nos movemos. Sinceramente, no me veo investigando en esas áreas. Hace mucho tiempo que dejé de creer en el mundo de Halloween.

De nuevo, otro atronador silencio hace acto de presencia. «Quizás me he pasado un poco. No debería haber expuesto mis ideas con tanta crudeza», piensa Ane. «Tendría que haberlas presentado con más tacto, pero no me he podido aguantar más, me empujaban por salirse del pecho. ¿Qué pensarán ahora?».

—¡Gracias, Ane! Te agradezco tu sinceridad. Quiero que sepas que compartimos contigo las mismas dudas. Que no es fácil para mí dirigir la investigación en esa dirección. Pero como supongo que ya te habrás dado cuenta en el tiempo que llevas en el equipo, nosotros seguimos las pruebas e indicios sin preguntarnos *a priori* a dónde nos conducen. El camino futuro de la investigación está por escribirse.

Ane asiente con la cabeza en silencio.

—Entiendo que te puedas sentir incómoda en algunos momentos de las averiguaciones. Si esto te causa un problema me lo puedes decir con absoluta tranquilidad y encontraremos una solución. Incluso un traslado a otra unidad alegando temas administrativos que no te perjudique en tu hoja de servicios.

Un rictus de perturbación y preocupación se manifiesta súbitamente en el rostro de Ane.

—Lo siento, inspector, no era mi intención trasladar la idea de que estoy incómoda trabajando con ustedes. Para mí es una suerte participar en el mejor equipo de la Ertzaintza. Yo misma solicité el traslado a este grupo y no me arrepiento en absoluto.

—Para nosotros también es una suerte contar con tus aportaciones, incluidos tus sinceros comentarios. Sé que eres una buena profesional y estoy convencido de que en poco tiempo serás una gran profesional.

—Muchas gracias, inspector. Puede contar conmigo para lo que necesite.

—Puedes estar segura de ello, Ane. Cuento contigo para todo y sé que harás un magnífico trabajo.

Ambos se miran a los ojos y se sonríen, saben que son palabras sinceras. Mikel, sin embargo, apenas puede ocultar el susto y la preocupación de su rostro al oír que Ane podía causar baja en el equipo. No sabe lo que haría si todas las mañanas al reincorporarse a su trabajo no la viera con su alegría y ese brillo en los ojos que le atrapa.

Por ahora, respira aliviado, parece que todo ha sido un percance sin mayor trascendencia, que ya está solucionado. No puede decir lo mismo de la vida personal de Ane. No le gusta su novio. Por lo que le ha contado Ane, da la imagen de una persona un tanto egocéntrica, de las que les gusta que siempre se haga lo que ellas quieren. Puede estar equivocado, pero si está en lo cierto tarde o temprano ella se dará cuenta y lo dejará. En ese momento, y solo en ese momento, estará atento para intentarlo, no es de los que se mete en medio de una pareja para destruirla.

***

«Qué rico sabe el café después de la cena. Reconforta tras un duro día de trabajo emocionalmente activo». Los pensamientos de Ane van y vienen mientras reposa sosegadamente en el sillón de la sala. Todavía se encuentra cansada de la reunión de trabajo celebrada en el despacho del inspector. «Casi me cargo mi buena relación con el inspector y con Mikel por mis dudas en el caso, menos mal que todo ha acabado bien. En una cosa tiene razón el inspector, una vez iniciada una investigación hay que llegar hasta el final».

—¡Cariño! ¿Qué estás pensando? Te noto tan absorta, como si estuvieras en otro planeta.

La voz de Iker la extrae de sus cavilaciones. Desde el sillón de enfrente la observa con interés y curiosidad. Todas las noches tienen por costumbre cobijarse después de la cena en los cómodos sillones de la sala, relajarse y disfrutar del aroma del café mientras comentan los acontecimientos del día.

Hace unas semanas que Ane se ha trasladado al apartamento de su novio. Según él, es una tontería que los dos estén pagando un alquiler cuando pueden compartir una vivienda y sus gastos. Después de mucho insistir aceptó, pero con la condición de no cerrar su propio apartamento. Él no lo entiende, pero para ella supone seguir manteniendo su reducto de libertad, conservar algo propio le aporta cierta sensación de seguridad.

—Son cosas de trabajo —contesta Ane—. En ocasiones resulta un poco complicado desconectar completamente cuando llegas a casa.

—Sí. Es cierto, a veces a mí me también me pasa. ¿Te puedo ayudar en algo?

—Gracias. Ya sabes que en los asuntos de la comisaría no puedo comentar muchas cosas.

—Me hago cargo. Solo quiero que sepas que aquí estoy para lo que necesites.

Iker se acerca la taza a los labios y bebe un ligero sorbo.

—Hablando de otra cosa —comenta según deposita la taza sobre la mesita de la sala—. Esta mañana he visto a Óscar. ¿Te acuerdas de Óscar?

—¿Óscar? ¿No es ese amigo de la infancia que me presentaste hace algún tiempo?

—¡Exacto! Veo que tienes buena memoria. Somos amigos de la infancia y de la cuadrilla de Gernika. Ya sabes que toda mi familia y yo somos de Gernika.

—Sí, lo sé. Ya me lo habías comentado.

—Pues resulta que Óscar se casó hace tres años y acaban de tener una niña. Están muy contentos y me comentaba que la vida les ha cambiado radicalmente.

—Suele pasar cuando tienes un hijo o una hija. Tus prioridades cambian y tu mundo también.

Iker se muestra reflexivo. Vuelve a tomar la taza de café en sus manos.

—Esta conversación con Óscar me ha dado que pensar.

—¿Y qué has pensado exactamente? —pregunta Ane, sospechando lo peor.

—Que acompañado de la persona adecuada —le sonríe pícaramente— ya tengo edad de formalizar una relación y formar una familia.

Ane permanece en silencio unos segundos encajando las palabras que acaba de escuchar.

—Es una decisión importante que cambiaría el rumbo de tu vida y de la persona que elijas como compañera.

—Sí, es cierto. Pero tú por eso no te preocupes, cariño, que lo tengo todo pensado.

—¿Y qué es lo que tienes pensado?

—Nos casamos en Gernika y nos quedamos a vivir allí. Vamos a tener mucha suerte porque viviremos cerca de mis padres, hermanos y el resto de mi familia. Somos una piña, siempre dispuestos a apoyarnos. Y luego, cuando tengamos hijos, nos podrán ayudar en su crianza.

Ane no sabe qué decir. No sabe si gritar con todas sus fuerzas o salir corriendo. Es la pedida de matrimonio más rara que ha escuchado nunca. Decide abordar la situación con más calma e indagar un poco más en el proyecto de Iker.

—Me dejas muy sorprendida. No entraba en mis planes a corto o medio plazo casarme.

—Sí, tienes razón. Igual es un poco precipitado. Pero piénsalo bien, a veces las decisiones que tomamos más intuitivas son las que mejor salen.

—Y luego todo el lío de la boda. Sabes que soy bastante tímida para los eventos sociales y me pone nerviosa ser la protagonista.

—Eso es porque no has estado en ninguna boda que organiza mi familia. Son maravillosas. Mucho mejores que las de los programas americanos de bodas de la tele. Para que te hagas una idea, como son muy amantes de las tradiciones vascas, es costumbre que los novios y padrinos se vistan con indumentarias tradicionales del caserío vasco de principios del siglo XX. La llegada a la ermita de los novios, porque nos casaremos en una ermita, tiene lugar subidos en un carro totalmente engalanado tirado por dos vistosos bueyes. Aurresku de honor, txistularis. Vamos, todo un espectáculo.

A Ane los colores de la cara se le van y le vienen. En su interior siente un fuego abrasador que le quema las entrañas, mitad pánico mitad indignación.

—No lo sé, no lo veo claro. Tenemos también el problema de mi trabajo. Yo ahora estoy trabajando en Bilbao en homicidios y estoy muy contenta, como tú bien sabes. Creo que no es el momento de modificar mi situación laboral.

—En eso también he pensado. No hay problema, mi amor. Puedes pedir el traslado a la comisaría de Gernika. La comisaría de Gernika es una de las más importantes y en ella se pueden desempeñar distintos servicios. Seguro que puedes realizar aquellos que te permitan desarrollarte plenamente como profesional y como persona. Piensa también que este tipo de trabajos, a diferencia de homicidios, disponen de horarios más regulares y estables que te facilitarán permanecer más cerca de los niños. Creo que el cambio merece la pena.

Ane está profundamente enojada. ¿Cómo se atreve Iker a organizarle la vida sin contar con ella, sin tan siquiera haberle preguntado su opinión? ¿Cómo se atreve a planificar su futuro, incluido un matrimonio, hijos y trabajo sin su aprobación? Y si esto es el principio, ¿cómo será después? Esto no es lo que ella desea. No es la persona que tiene en su pensamiento como compañero de viaje para el resto de su vida.

Pero ¿cómo se lo plantea sin herirle demasiado, sin hacer más daño del inevitable? ¿Cómo reaccionará cuando le proponga, por el bien de los dos, dejarlo? Por lo que lo conoce no es una persona que acepte de buen grado sus fracasos. Está acostumbrado a salirse siempre con la suya, quizás debido a la excesiva protección otorgada por su familia. Tiene que ir con precaución, llevarlo a cabo paso a paso, como un fluir natural de los acontecimientos.

—Iker, todo lo que comentas son muchas novedades y muy importantes. Necesito algo de tiempo para asumirlas y reflexionar sobre ello. En estos momentos estoy tan sobrepasada que no estoy en condiciones de darte una respuesta.

—Sí, por supuesto, lo entiendo. Mira, si te parece bien el viernes a la noche reservo una mesa para cenar en un restaurante con una estrella Michelin, no te digo el nombre para que sea una sorpresa. Ya te acordarás de que el viernes hacemos cuatro años desde que empezamos a salir. Es nuestro aniversario.

—Sí, claro, cómo no me voy a acordar —confirma Ane con una medio sonrisa, aunque ella sabe que se le había olvidado por completo.

—Perfecto entonces. En la cena hablamos y vamos concretando fechas.

Ane consiente afirmando con un ligero movimiento de cabeza. El viernes es el momento de empezar a poner las cosas en su sitio, de iniciar la despedida.

CAPÍTULO XII. RESIGNACIÓN

Se siente muy cansado, totalmente agotado. Necesita urgentemente dormir con un sueño largo, profundo, reparador. Los últimos años no ha podido saborear ese enorme privilegio. Especialmente estas semanas se han convertido en un continuo sobresalto. Imposible descansar.

La primera fase es normal, como siempre. Pero a las pocas horas comienza a agitarse en la cama de forma nerviosa, girándose a un lado y a otro, murmurando el nombre de Amaia. La echa tanto de menos.

Por fin consigue dormirse, el cansancio ha ganado la batalla al insomnio. Su mente desciende lentamente hacia las profundidades de su propio yo. Inconscientemente se abraza a la almohada, que aún mantiene el olor de Amaia. Siente cómo se acerca, cómo se desliza entre las sábanas, cómo lo rodea con sus brazos cariñosamente.

—¡Jon, tranquilo!, ¡no te preocupes!, estoy aquí, contigo. ¡Cuéntame lo que te pasa! Si no me lo cuentas no podré ayudarte.

Se gira, abraza a Amaia a la vez que la besa en los labios con un beso cargado de afecto y amor.

—Son cosas de trabajo, Amaia. Tú no te preocupes por nada. Esto pasará como ha pasado en otras ocasiones.

—No me dices toda la verdad. Esta ocasión, no sé por qué, es especial. Te veo más afectado e incluso angustiado. ¡Cuéntamelo, por favor!

Tiene dudas de contarle lo que le sucede, no quiere preocuparla. Por otra parte, nunca han tenido secretos y no van a empezar ahora.

—Te voy a contar detalles del caso en el que estamos trabajando. Como ya sabes, no puedes comentarlo con nadie, es un caso en investigación policial y secreto de sumario.

—Ya lo sé. Sé cómo va todo, soy la mujer de un policía. Respecto a lo que me cuentes soy como una tumba —Amaia sonríe al pronunciar esta última palabra.

A continuación, comienza a relatar todo el caso desde el principio, desde la muerte de la señora Elvira, obviando los detalles más escabrosos como los informes del forense. Amaia escucha toda la narración con suma atención, no perdiendo detalle.

Al finalizar, Amaia le mira con los ojos bien abiertos. No sabe qué decir.

—¿Y qué vas a hacer? ¿Cómo lo vas a abordar?

—Ese es el problema. Que a medida que profundizamos en las investigaciones la dirección a la que nos conduce es a territorios, digamos…, no explorados.

— Tendrás que continuar hasta llegar al final.

—Esa es la enorme duda que me corroe y me quita el sueño. Quizás sea mejor para todos cerrar el caso con la versión oficial y evitar problemas. Olvidarme del asunto, continuar con mi trabajo cotidiano hasta la jubilación.

—Sí, eso es lo más fácil…, pero tú no eres así.

—¿Eres consciente de lo que nos jugamos en esto? Si continúo con esas investigaciones y elaboro un informe bajo esos parámetros, voy a ser el hazmerreír no solo del departamento, sino de todo el cuerpo policial. Ya nadie se acordará de toda una vida de buen trabajo y de multitud de casos resueltos. Para todos pasaré a ser el inspector de los zombis.

—Sí. Tienes razón. Es un riesgo enorme. Un riesgo que puede marcar tu carrera y tu vida para siempre.

—Todo esto puede afectar no solo a mi vida profesional, también a mi vida personal, familiar, a los chicos. En el fondo somos animales sociales y cuenta la opinión de quienes nos rodean. Los amigos y familiares pueden modificar su idea de mi persona, puedo llegar a ser para ellos el iluminado, el zumbado.

—¡Eso sí que no, Jon! —exclama Amaia ligeramente enojada—. Me importa poco lo que opinen los demás de ti. Para tus hijos y para mí eres y serás siempre la persona más maravillosa, más eficiente y más profesional del mundo. Estoy segura de que para muchos de tus amigos y conocidos también. Pase lo que pase siempre vas a encontrar el respaldo y el cariño de tu familia. Estamos y estaremos orgullosos de lo que hagas independientemente del resultado. En todo momento contarás con nuestro apoyo.

Jon escucha emocionado las palabras que Amaia, con los ojos humedecidos, le dirige con pasión. No sabe si se merece que una mujer así esté a su lado, es consciente de que goza de una inmensa fortuna. Quien tiene su castillo tan bien protegido puede conquistar el mundo.

Se acerca nuevamente a su mujer y la vuelve a besar en los labios. Esta vez el beso es más profundo.

—Bien. Iremos a la batalla entonces —comenta mientras la mira a los ojos.

—Por supuesto que sí. ¿Ya tienes previsto tu próximo paso?

—He pensado que si tienes un problema de salud vas al médico a consultar su opinión, y si tienes un problema mecánico vas al taller a resolverlo. Por lo tanto, para este tipo de problemas lo mejor es consultar al profesional correspondiente.

—Supongo que para ti lo que acabas de decir tiene todo el sentido del mundo, pero para mí no, no entiendo nada. Bueno, tú sabrás lo que haces.

Él sonríe, se acerca a ella y le susurra al oído.

—Cariño, vamos a dormir que es un poco tarde.

—Es verdad. Vamos a dormir que mañana tienes que madrugar y no estás sobrado de descanso.

Jon se da la vuelta y Amaia lo abraza. A medida que va cayendo más profundamente en los brazos de Morfeo la imagen de Amaia desaparece lentamente cual navío que se difumina entre la bruma. Esa noche consigue dormir de un tirón, sin un solo sobresalto.

***

Le fascina la iglesia de los Trinitarios. Es un edificio religioso construido en piedra y ladrillos rojos combinando diversos estilos, el neorrománico de su cuerpo central y su alta torre mudéjar. Su aspecto desprende un aire antiguo y tradicional, aunque sabe que su construcción es moderna, de principios del siglo XX. Pero le da igual, a él le gusta.

Tiene la dimensión apropiada, a media distancia entre una ermita y una iglesia tradicional. En su interior, sus muros de piedra crean un ambiente recogido y acogedor más cercano al que se respira en una cueva de ermitaños que al que emana una catedral gótica. En la parte alta unos reducidos ventanales, con sus vidrieras de colores, permiten la entrada de escasos rayos de sol, que unidos a las pinturas del techo crean en su interior pequeños toques de luz.

Dos hileras de bancos recorren su nave central. En los primeros, cerca del altar, varias mujeres mayores rezan en silencio. Estas horas de la mañana no son las más concurridas para las manifestaciones religiosas, la iglesia se encuentra prácticamente vacía. Jon permanece sentado en mitad de la nave central.

«Qué bien se está aquí. Este silencio y soledad te ayudan a escuchar tus propios pensamientos. Hace tiempo que no venía. Igual tengo que acercarme más veces, es el sitio más adecuado para reflexionar, para rodearte de paz».

Medita sobre todo lo que le está pasando últimamente cuando, caminando por el pasillo central, ve aparecer al padre Julián, el verdadero motivo de su visita a la iglesia de los Trinitarios. Es un hombre alto, delgado, en su rostro un bigote y una perilla blanca crean la viva imagen del «caballero de la triste figura». La sotana le queda grande, no le vendría nada mal unos cuantos kilos más para rellenarla. Dada su avanzada edad camina despacio.

Al pasar junto a él, sin levantar mucho la voz, lo llama:

—¡Padre Julián!, ¡padre Julián!

El párroco de los Trinitarios se gira al escuchar su nombre. Mira frunciendo el entrecejo en un claro intento de reconocer a la persona que lo llama desde el banco.

—¡Sí, hijo mío! ¿Quién me llama?

Se levanta de su asiento, acercándose al cura.

—Hola, padre Julián, soy Jon Urrutia. No sé si me recordará. Soy uno de sus feligreses, aunque tengo que reconocer que últimamente no le he visitado mucho.

—¿Jon Urrutia?, ¿Jon Urrutia?… ¡Ah, sí, Jon Urrutia! ¡Ya sé quién eres! Cuánto tiempo sin verte. Creo que desde que oficié el funeral de tu difunta esposa… Amaia creo que se llamaba. Dime, Jon, ¿cómo te encuentras ahora?

—Ahora un poco mejor, padre. La verdad es que últimamente Dios y yo no nos hemos tratado mucho. Sigo sin entender cómo permitió que Amaia se fuera.

—Lo comprendo, es difícil de asumir, pero con la ayuda del Creador llegará un día en que podrás vivir con ello. Y dime, ¿a qué debemos el inmenso honor de tu visita?

—Pues mire, padre, me gustaría, si a usted le parece bien, hacerle algunas preguntas sobre temas religiosos o espirituales. Que me pueda dar su opinión sobre ellos. Si tiene un momento nos sentamos en el banco y hablamos.

—¡Cómo no, hijo mío, para eso estamos! Todo lo que sea para acompañar a encontrar respuestas a las dudas que nos acechan.

Los dos se sientan en el banco más cercano y se preparan para la conversación.

—¡Dígame, padre! ¿Usted cree que hay otro mundo después de la muerte?

—¡Por favor!, preguntar a un cura si cree en el más allá es como preguntarle a un ecologista si cree en la naturaleza.

—Tiene razón. Quizás no he planteado la pregunta adecuadamente. Vuelvo a preguntar, ¿cree usted que ese mundo del más allá puede interferir de forma directa en las vidas de las personas del más acá?

El padre Julián medita unos instantes.

—¿Acaso no es eso lo que hacemos los creyentes cada vez que podemos? Piensa por un momento en la madre que reza en un hospital mientras están operando a su hijo, o en el alumno que reza para que le salga bien un examen importante, o en las personas que se santiguan cuando el avión va a despegar. ¿Acaso no es eso intentar que desde el más allá interfieran en los hechos a nuestro favor? San Antonio para encontrar novio, san Cristóbal para que nos proteja en el viaje, san Pancracio para que nos dé suerte en los trabajos y negocios. ¿Y los milagros, no es esa la base de los milagros? Hechos científicamente inexplicables que, precisamente por ello, entendemos que tienen un origen sobrenatural, en el caso de los creyentes, celestial.

No lo había pensado, pero tiene que reconocer que al cura no le falta razón. Los hechos sobrenaturales están más presentes en nuestras vidas de lo pudiera parecer a primera vista.

—¡Dígame! Todas estas interferencias son marcadamente positivas para quien las solicita o recibe, pero ¿cree usted que de la misma manera se pueden producir interferencias de signo negativo o que traigan el Mal?

—No lo sé, pero en nuestra fe lo mismo que se reconoce el Bien también se reconoce el Mal. Por lo tanto, tengo que entender que es posible que dichas interferencias puedan ser negativas o malignas.

—¿En su dilatada trayectoria de servicio al prójimo ha sido testigo alguna vez de estos hechos?

—Yo soy un cura de parroquia de pueblo. Mi día a día consiste en llevar la palabra de Dios a mis feligreses. Misas, bautizos, comuniones, acompañar a familiares y amigos en las despedidas de los funerales. En mi quehacer diario raramente se me presenta cualquier incidente que pueda parecer extraño. Tampoco tengo los conocimientos suficientes como para profundizar en las preguntas que me haces. Creo que no soy la persona adecuada para responderlas.

Jon comprende al padre Julián y agradece su sinceridad.

—Le entiendo perfectamente. Aprovechándome de su amabilidad, ¿no conocerá a alguna persona que considere usted que pueda darme algo de luz en estas cuestiones?

El padre Julián permanece pensativo por unos instantes y responde:

—Sí, creo que conozco a la persona adecuada. Se trata del padre Santiago. Es de mi quinta, es decir, que tiene unos cuantos añitos. Jesuita, catedrático en la Universidad de Deusto, da clases de Teología y Antropología. Ha escrito numerosos trabajos y libros. Es una persona muy reconocida en el mundo académico.

—¿Podemos hablar con él? ¿Puede usted ponernos en contacto? Se lo agradecería mucho.

—No creo que haya ningún problema. Mándame una llamada perdida a este número de teléfono. —El cura saca un móvil del bolsillo y le muestra el número—. Cuando hable con él te llamo y te digo cuándo tiene un momento para recibirte.

—Muchas gracias. Gracias por su tiempo, por sus reflexiones y comentarios, me han ayudado mucho. Le prometo que haré todo lo posible por acercarme más a menudo a la iglesia.

—Eso espero. Como te decía antes, ya sabes que aquí recibimos con los brazos abiertos a toda persona que se nos acerca.

Jon abandona el recinto religioso. Al salir a la calle un golpe de luz lo obliga a cerrar sus ojos prácticamente al completo. Parece que hoy viene otro día de sol y calor, «esta ola de calor tan prolongada nos está cansando a todos. Yo sí que voy a rezar para que llueva de una vez. Parece que las últimas noticias del tiempo predicen un cambio brusco, aunque en otras ocasiones han dicho lo mismo y luego no se ha producido ningún cambio. A ver si esta vez aciertan».

Una llamada en el móvil lo extrae de sus pensamientos. Toma el teléfono, mira el número entrante y responde.

—Kaixo, Mikel. ¿Qué me cuentas?

—Egun on, jefe. Le llamo para comentarle las últimas novedades del caso, aunque la verdad sea dicha, tampoco hay muchas.

—Genial. Me llamas para darme la novedad de que no hay novedades.

—Sí, la idea general es esa, aunque sí puedo decirle que ha llamado Juan González, el técnico del tanatorio. Nos informa de que en los últimos días apenas han tratado «clientes especiales» para el horno número tres. Dos personas mayores procedentes de diversas residencias cuyos familiares no han reclamado sus cuerpos.

—De acuerdo. Dile al Sr. González que preste especial atención a aquellos cuerpos que procedan fundamentalmente de centros psiquiátricos y centros penitenciarios.

—Ya entiendo. Los especiales de los especiales.

—Efectivamente. ¿Cómo va Ane con la revisión de los casos y expedientes?

—Va bien. Está haciendo un buen trabajo a pesar de las circunstancias.

—¿Circunstancias? ¿Qué circunstancias?

Mikel tarda en responder. Por unos instantes está pensando en si debe contarle a su jefe lo que Ane le ha comentado tomándose el café. Es un asunto privado, pero también piensa que el inspector debe conocer lo que pasa a su alrededor para que, llegado el caso, pueda ser más comprensivo con ella.

—Ane va a dejar a su novio Iker. Parece ser que ha llegado a la conclusión de que no es el hombre de su vida. Este viernes tiene una cena con él y va a aprovechar para decirle que quiere dejarlo.

—Bueno, yo lo siento por ella porque lo debe de estar pasando mal, pero para ti es una buena noticia, se te abre la ventana de las oportunidades.

—Sí, jefe. Pero como dice Alejandro, «tengo el corazón partido». Por un lado, estoy contento porque vuelvo a tener esperanzas, pero por otro se me parte el alma de verla cómo sufre y lo mal que lo está pasando. Tengo que esperar a que se serene, no puedo ni debo aprovecharme de su debilidad.

—Esto que dices te honra. Estoy seguro de que más temprano que tarde se dará cuenta de que el hombre de su vida está a su lado.

—Gracias, jefe. Se lo agradezco mucho.

—Volviendo al trabajo. Prepárate que en breve tendremos que hacerle una visita a un cura catedrático en la Universidad de Deusto que intuyo va a ser muy interesante.

—¡Caramba, jefe!, cómo prosperamos. Pasamos de hacer entrevistas en un tanatorio a la cúspide del conocimiento.

—Yo no veo tanta diferencia. Por muy alto que llegues en la pirámide del saber y del conocimiento todos acabamos en un tanatorio. Ese sitio nos iguala. Bueno, voy para la comisaría. Nos vemos en un momento.

—Agur, jefe. Hasta ahora.

Finaliza la llamada, guarda el móvil en su bolsillo y se dirige hacia su vehículo.

CAPÍTULO XIII. PREMONICIONES

Pedro García se siente satisfecho. Todo lo satisfecho que se puede estar dentro de prisión. El negocio le va viento en popa. Ha conseguido edificar toda una infraestructura para la venta de drogas. Dispone de clientes asiduos, una buena mercancía, una red logística y un pequeño grupo de personas trabajando a sus órdenes.

No fue fácil convencer a Madriles para que se apuntara al negocio. De inicio no quería, le parecía que iba a ser un foco de problemas y bastante peligroso. Poco a poco fue comprobando cómo era posible, cómo se generaban pingües beneficios y cómo todo el mundo parecía aceptar el nuevo *statu quo*. Cuando Pedro le ofreció ser su mano derecha, aceptó.

Una de las primeras medidas que José Gutiérrez adoptó en su nuevo cargo fue integrar en el grupo a dos guardaespaldas por dos motivos, el primero por seguridad, la cárcel es un sitio peligroso cuando se realizan actividades como las que ellos llevan a cabo, el segundo por prestigio, no se puede ser un capo de la droga sin su correspondiente servicio de seguridad visible para todo el mundo.

Gregorio, al que todo el mundo llama Mazas, es un hombre de unos cuarenta años, uno noventa metros de estatura, ciento diez kilos de peso, una auténtica mole humana. En su juventud practicó el boxeo amateur. La mayoría de los combates los ganaba por KO, sus puños eran auténticas mazas que machacaban al contrario hasta su completa destrucción. Todo parecía indicar que el camino hacia el boxeo profesional era un hecho, pero existía un inconveniente, la fuerza de sus puños era inversamente proporcional a la capacidad de su mente. La inteligencia no era lo suyo, los primeros combates profesionales, en los que además de la pegada entraban en juego factores como la técnica y la estrategia, mostraron sus enormes carencias. Las amistades que pululaban a su alrededor fueron desapareciendo lentamente hasta llevar a Gregorio a la más absoluta soledad. No lo pudo soportar, comenzó a coquetear con el mundo de las drogas, ello le condujo al trapicheo, la delincuencia, y de allí a la cárcel.

Raúl, conocido con el apodo de el Panadero, es un hombre de mediana edad. De complexión normal, más bien tirando a delgada, sin embargo, es todo fibra y movimiento. Su profesión habitual es la de portero de sala de fiestas. No parece disponer del físico necesario para ese tipo de ocupación, pero quien lo conoce acredita que es la persona adecuada. Su historial está plagado de peleas y reyertas en las puertas de los locales. Cuando sucede se vuelve medio loco, con su rapidez y agilidad reparte hostias como panes a todo el mundo que se encuentra cerca, es necesario que varios compañeros lo sujeten para pararlo. En la última pelea una persona resultó malherida, en situación de coma se debate entre la vida y la muerte en una cama de hospital. Desde entonces Raúl, el Panadero, permanece en prisión.

Con ese servicio de seguridad Pedro se mueve libremente por todas las dependencias de la cárcel con total tranquilidad, nadie que no cuente con su permiso se le puede acercar. Dispone de mesa propia en el comedor, se ducha en su intimidad previo desalojo de los presidiarios de los baños. Es un hombre con poder, todos lo saben y lo aceptan.

Uno de los puntos fuertes de su organización es la red logística para introducir la mercancía. Al inicio Manoli realizaba dicha función, pero a medida que la demanda interna de consumo crecía pronto se vio que esta única fuente de entrada era insuficiente. Pedro le encargó a Manoli el reclutamiento de más mujeres dispuestas a introducir droga, con la consiguiente recompensa económica. Con esta medida Pedro alcanza dos objetivos, el principal de disponer de mercancía suficiente para la venta, y el secundario de contar con el apoyo de los internos, maridos e hijos de las mujeres reclutadas.

Manoli controla una amplia red de voluntarias, además de otras funciones. Pedro establece un sistema práctico y sencillo de funcionamiento. El cliente demandante de dosis se lo solicita dentro de prisión. Pedro se lo comunica a Manoli. Un familiar o amigo del cliente le entrega a Manoli la cantidad de dinero establecida. Esta le comunica a su marido que el pago está realizado y Pedro le suministra al cliente lo acordado. Una especie de sistema «Amazon» dentro de prisión.

—¿Cómo va todo, Madriles? ¿Está todo entregado? ¿Hay alguna novedad? —pregunta Pedro.

—No, patrón, no se preocupe. Va todo bien, sin problemas.

—Bien, en ese caso voy a darme una ducha. Dile a Mazas que vaya desocupando el baño y al Panadero que estaré listo en cinco minutos.

—Ok, patrón, ahora mismo.

Madriles abandona la celda y a los pocos minutos hace acto de presencia Raúl.

—Dígame, patrón, me ha dicho Madriles que quería verme.

—Sí, voy a darme una ducha. Acompáñame a los baños.

Instantes después se dirigen a las duchas. Cuando llegan, Mazas ha hecho su trabajo y los baños se encuentran totalmente desocupados. Pedro se introduce en ellos, el Panadero se sitúa en la puerta cerrando el paso a los visitantes no deseados.

«Qué bien sienta una ducha de agua caliente. Me quedo como nuevo». Secándose el cuerpo se acerca al banco, donde tiene depositada la ropa.

La puerta de los baños se abre, entran varios sujetos. Son el Cigala y Vasile con varios de sus esbirros.

—¿Qué tenemos aquí? ¿Si es el nuevo capo? El payo que se ha hecho dueño y señor de nuestro negocio. ¿No es así, Vasile? —habla el Cigala.

—Así es, el mierdecilla que llega aquí y se cree que nos puede apartar como si fuéramos cagada de perro —responde Vasile.

Pedro no se esperaba esta visita. Se teme lo peor. ¿Dónde estarán Mazas y el Panadero? ¿Cómo les han permitido la entrada?, tiene que conseguir tiempo hasta que lleguen.

—Bueno, no es nada personal. Son solo negocios. Creo que hay suficiente mercado para los tres, podemos llegar a un acuerdo y convivir en paz. La calma es un buen terreno para que prosperen los beneficios.

—Tiene huevos el payo. No nos ha hecho ni puto caso y ahora quiere negociar. ¿Qué opinas tú, Vasile?

—Que se puede meter sus acuerdos y negociaciones por el culo. Creo que no entiende la situación. ¿Puedes explicársela tú, Cigala, que se te da mejor la palabrería?

Dos de los esbirros se sitúan detrás de Pedro. «¿Dónde cojones están mis guardaespaldas ahora que los necesito?».

—Con mucho gusto, Vasile. Es todo un placer. Escucha, payo de mierda. A tus dos hombres que te protegían les hemos dado a elegir entre entrar en nuestra organización o probar el acero de mi cuchillo en su garganta, ¿y adivinas lo que han elegido? ¡Exacto! Veo en tu mirada que has acertado. Ya no tienes guardaespaldas.

Siente su posición cada vez más complicada. Solo le queda la esperanza de que Madriles aparezca y pueda cambiar el rumbo de los acontecimientos.

—Puedo ver el miedo en tus ojos —comenta Vasile acercándose a su rostro—. Tenemos que darte otra gran noticia. Nosotros también somos capaces de llegar a acuerdos. Como por ejemplo con ese que llaman Madriles, creo que es tu mano derecha. Como dicen en el cine, «le hemos hecho una oferta que no ha podido rechazar». Entrar en nuestra organización como hombre de confianza, una suculenta indemnización y librarse de las represalias. Ha aceptado rápidamente.

Lo da todo por perdido. Se siente humillado por las traiciones recibidas, pero en el fondo lo entiende, él hubiera hecho lo mismo en las mismas circunstancias, son negocios.

—Y ahora viene lo mejor, payo —comenta el Cigala con una sonrisa de oreja a oreja—. También hemos llegado a un acuerdo con la persona que controla a todas las mujeres que introducen la mercancía en prisión, una tal Manoli…, tu hembra. El acuerdo es muy sencillo, una cantidad de dinero para sus hijos, ella dice sus hijos, no vuestros hijos, tener nuestro permiso para abandonar el negocio y que no salgas de prisión en tu puta vida. Esta última condición se la hacemos gratis.

Está absolutamente lleno de ira. Esta traición no se la esperaba. ¿Cómo podía hacerle esto su mujer?, la madre de sus hijos, la persona sumisa en quien confiaba.

El Cigala y Vasile se ríen totalmente satisfechos al percibir cómo la rabia y la ira se apoderan de su rival. Éxito rotundo. No consiste solo en matar a un enemigo, hay que destruirlo previamente, convertirlo en cenizas.

El Cigala les hace un gesto a sus esbirros. Uno lo sujeta inmovilizándole los brazos mientras otro se coloca detrás, sujetándole la cabeza con ambas manos se la gira bruscamente. Un chasquido de huesos rotos se escucha en el baño, el cuerpo sin vida del Moreno se desliza silenciosamente entre los brazos del sicario.

—¡Vamos, ya sabéis lo que tenéis que hacer! ¡Subidlo a lo alto de la escalera y dejadlo caer!

Sus hombres arrastran el cuerpo por el pasillo de los baños, mientras el Cigala y Vasile abandonan el recinto charlando amistosamente.

—Es increíble la cantidad de accidentes que suceden en esta prisión —comenta Vasile.

—Sí, es cierto. Deberíamos enviar una queja a dirección o al sindicato de funcionarios de prisiones. Nuestra seguridad no está garantizada —responde el Cigala.

Riéndose a carcajadas, abandonan los baños.

**

La Universidad de Deusto es una institución de prestigio, reconocida nacional e internacionalmente en el mundo académico. Fundada en 1886 por la Compañía de Jesús con el objetivo de dotar a Bilbao y al País Vasco del material humano intelectualmente preparado, necesario para el pujante desarrollo industrial, comercial y financiero de la villa y su entorno. Por sus aulas han transitado muchas generaciones de jóvenes, algunos de los cuales han alcanzado posiciones relevantes en distintos sectores de la comunidad.

Los estudios impartidos inicialmente estaban estrechamente relacionados con el objetivo de su fundación, fundamentalmente Economía, Derecho y Ciencias Sociales, sin olvidar la Teología como rasgo identificativo de sus fundadores. En una etapa más moderna dichos estudios se ampliaron a materias más técnicas, como Ingeniería, Informática, Medicina, etc., en un claro intento de ajustarse a las necesidades actuales de la sociedad.

Jon y Mikel caminan por los pasillos de la universidad buscando el despacho del padre Santiago. A esta hora de media mañana un enjambre de jóvenes pulula por las galerías en un ir y venir a sus aulas. Con tanto jaleo se encuentran un tanto desubicados, así que optan por preguntarle a la primera persona que se encuentren con apariencias de profesor o profesora. Dicho y hecho, abordan a una mujer de mediana edad que con sus gafas y la cantidad de papeles que lleva bajo el brazo es la viva imagen de la profesora universitaria.

Amablemente los conduce por un laberinto de corredores y escaleras hasta llegar a un pasillo, donde se encuentran los despachos del profesorado. Abre la puerta de uno de ellos y con gesto cordial los invita a pasar.

—Pueden pasar y esperar al padre Santiago en su despacho. En estos momentos se encuentra dando clase, pero en breves minutos habrá terminado. No creo que tarde mucho.

—Muchas gracias. Ha sido muy amable. Si no hubiera sido por usted no sé si hubiéramos sido capaces de localizar este despacho —responde Jon.

—Seguro que sí. Bueno, les tengo que dejar. Den, por favor, un saludo al padre Santiago de mi parte. Agur.

—Agur —responden Jon y Mikel al unísono.

La profesora desaparece de su vista dejando la puerta abierta. El despacho es un recinto más bien pequeño. Su interior solo está amueblado por un escritorio, dos sillas para las visitas y un sillón un tanto envejecido para el ocupante. Una ventana, no muy grande, permite la entrada de unos escasos rayos de sol. Las paredes están cubiertas con estanterías repletas de libros, legajos y documentos. Sobre el escritorio se apilan papeles de todo tipo. Está claro que el orden no parece ser una de las prioridades del cura, aunque por lo sobados que parecen los libros sí tienen pinta de ser muy consultados.

Nada más sentarse en las incómodas sillas de los visitantes escuchan pasos acercándose por el pasillo. Son pasos regulares, lentos, casi arrastrando los pies, pasos de una persona mayor. En el umbral de la puerta hace su aparición el padre Santiago. Efectivamente, es una persona de avanzada edad, de estatura media y un poco grueso. Una barba recortada blanca y unas gafas redondas le otorgan la imagen de hombre culto e intelectual, el más adecuado para transmitir conocimientos. Su sabiduría es producto de la acumulación de estudios de muchos años. Doctor en Filosofía y altamente formado en Teología. Da clases a sus alumnos de Filosofía y Antropología y estos le devuelven su dedicación con cariño y respeto, le apodan Gandalf.

—¡Buenos días! Les ruego me perdonen por hacerles esperar. Cuando al final de clase iniciamos el apartado de preguntas es difícil ponerle fin. Supongo que uno de ustedes es Jon Urrutia.

Jon y Mikel, puestos en pie, le estrechan la mano. A Mikel el cura le recuerda a alguien que no termina de ubicar.

—Sí, padre. Yo soy el inspector Jon Urrutia y mi compañero es el subinspector Mikel Zabala.

—Encantado de conocerles, les agradecería que me llamen profesor, aunque estoy ordenado como sacerdote mis alumnos se dirigen a mí llamándome así y ya me he acostumbrado. Pero siéntense, por favor, vamos a ponernos cómodos.

Una vez que los tres se encuentran sentados en sus respectivos asientos el padre Santiago inicia la conversación.

—¡Díganme! ¿En qué puede ayudar un viejo profesor universitario a las fuerzas del orden público? El padre Julián me ha hecho un breve adelanto, pero no sé si lo he entendido bien del todo.

—Estamos interesados en recabar toda la información posible sobre la vida, la muerte y el tránsito entre ambas. Recopilar opiniones sobre si es posible otra forma de vida después de la muerte, si es posible la existencia de otra dimensión paralela a la de los vivos y si pueden existir conexiones entre ambos mundos que interfieran directamente en la vida real de las personas —responde Jon.

Por un momento se produce un profundo silencio en el despacho.

—Vaya con la pregunta. El responderla da para una tesis doctoral, o más diría para los estudios completos de Teología. Pero, dígame, ¿no se aleja mucho esta cuestión de un trabajo policial más cercano a las pruebas y las evidencias?

—Sí, es cierto —responde Mikel—. Pero no nos cerramos a nada y estamos abiertos a intentar comprenderlo todo en la medida de lo posible.

El profesor reflexiona por unos instantes y asiente con la cabeza.

—De acuerdo. Vamos allá. La consciencia de la especia humana con la vida y la muerte es tan antigua como su existencia. En los enterramientos más primitvos, propios de los pequeños núcleos de población nómada, ya se encuentran cuerpos que son inhumados con sus enseres, sus armas de caza y pequeñas estatuillas de barro o amuletos que representan a entes mágicos. De una forma simple reflejaban el respeto a la muerte y la preparación del difunto para el mundo mágico más allá de la muerte.

»Cuando los grupos de individuos se fueron convirtiendo en sedentarios, las pequeñas cabañas se transformaron en aldeas, posteriormente en pueblos y finalmente en ciudades. Las costumbres y ritos sociales, incluidos los funerarios, ganaron en profundidad y complejidad. Quizás la cultura antigua más estudiada y documentada al efecto sea la civilización egipcia. Creo que tengo un plano del Antiguo Egipto por alguna parte.

El padre Santiago se levanta del sillón, se gira y comienza a buscar entre los papeles y libros de la estantería. Aprovechando que el profesor se encuentra de espaldas, Mikel se acerca a Jon susurrándole al oído:

—¡Ya sé a quién me recuerda! Es la viva imagen de Miguel de Unamuno.

Jon lo mira, sonríe y asiente con la cabeza.

—¡Aquí está! —el profesor extrae un documento de la estantería y lo extiende sobre la mesa—, un plano del Antiguo Egipto. Si descendemos por el Nilo desde su nacimiento hasta su desembocadura en el mar —señala con un punzón toda la trayectoria—, podemos ver como más o menos a mitad de camino se sitúa la ciudad de Tebas, capital del antiguo imperio. Como ya sabrán por la literatura y el cine, los faraones y altos mandatarios una vez de muertos eran embalsamados y enterrados con todo lo necesario para una nueva vida después de renacer en el más allá. Para ellos esta segunda vida era tan real como la primera, de ahí que necesitaran tantos artilugios.

»En la orilla oriental de la ciudad se localizan los templos de Luxor y Karnak unidos por la avenida de las esfinges, además de las construcciones palaciegas. En definitiva, la ciudad de los vivos. Cuando un faraón fallecía se cruzaba el Nilo a la orilla opuesta y en esa orilla se establecían los recintos funerarios, el valle de los Reyes y demás templos. Es decir, la ciudad de los muertos. Los egipcios que consideraban la vida después de la muerte tan real tenían mucho cuidado en separar ambos mundos, incluso geográficamente, separados por el río más caudaloso de África.

Jon y Mikel siguen con atención los comentarios del profesor.

—La civilización griega viene a tomar el relevo de la milenaria civilización egipcia. Los griegos mantienen la costumbre de realizar los enterramientos fuera de las poblaciones. En su mitología establecen el mundo de los hombres, el mundo de los dioses con Zeus presidiéndolo desde el monte Olimpo, y un mundo intermedio entre ambos al que llamaron de los semidioses. Es claro que para ellos la interrelación entre estos planos mitológicos es real y que unos influyen en los otros.

»La civilización romana adopta la mayoría de las costumbres y creencias de los griegos. Para los romanos sigue existiendo el mundo de los vivos, el mundo de los dioses y el de los semidioses, como puente entre uno y otro. Es más, muchos emperadores se hicieron tratar como tales exigiendo el culto a su figura en todo el imperio, como es el caso de Augusto, Calígula y Nerón. A tal fin, sus estatuas y esculturas estaban repartidas por todo el territorio imperial. Los romanos tenían prohibido realizar enterramientos e incineraciones de cuerpos dentro de los límites de la ciudad, lo que ellos llamaban *pomedium*, separando una vez más el territorio de los vivos y el de los muertos.

»La llegada del cristianismo no cambió sustancialmente estas creencias, simplemente las cambiaron de contexto. El cristianismo expone el mundo de los vivos como la vida diaria de los fieles, el cielo o el mundo de Dios, al que llegarán aquellos que hayan cumplido con las disposiciones establecidas y una zona intermedia, antaño señalada como de los semidioses, que en este caso es ocupada por los santos y santas a los que interceder en caso de solicitudes o súplicas. En este caso se prohíbe la incineración, puesto que los cuerpos serán necesarios el día de la resurrección.

»También en el cristianismo los muertos son ubicados en lugares apartados de los vivos, los que conocemos cotidianamente como cementerios. Es clásica la imagen de los ritos funerarios representados en imágenes grabadas de finales del XIX y principios del siglo XX, en las que un cortejo fúnebre formado por un carro tirado por dos caballos porta el féretro seguido por una comitiva de familiares, amigos y vecinos que se dirige al cementerio del pueblo, recortado al fondo sobre una loma.

Los escuchantes, sin ser conscientes, asienten instintivamente con la cabeza. La verdad es que lo que les relata el padre Santiago tiene todo el sentido del mundo.

—¿Díganos, padre…, profesor, a dónde nos quiere conducir con este relato? —pregunta Mikel.

—A que, en los últimos cincuenta años, el hombre moderno con su soberbia y egocentrismo ha modificado estas normas de conducta que la especie humana ha establecido durante milenios.

—¿Puede ser más concreto? —requiere Jon.

—Para el hombre moderno solo existe el mundo real, el mundo que puede ver, oír y tocar. El más allá no existe. El mundo de los muerto ha dejado de tener sentido. Hoy en día se incineran los cuerpos en instalaciones muy técnicas, en pabellones que exteriormente parecen oficinas o sedes de entidades financieras enclavadas en polígonos industriales y comerciales. Se puede estar incinerando un cuerpo en estas instalaciones mientras en el pabellón de la izquierda un ciudadano está comprando un coche y en el de la derecha otro ciudadano puede estar comprando azulejos para el baño, una falda o unos pantalones.

—¿Cree usted que este olvido y desinterés por las antiguas creencias puede tener sus consecuencias? —pregunta Jon muy interesado.

—No lo sé, pero puede ser. La separación entre los vivos y los muertos que establecían nuestros antepasados puede deberse a dos motivos, el primero por razones de salubridad, evitando la proliferación de enfermedades y epidemias, pero el segundo puede deberse a algo que sabían o intuían que no se debía mezclar por peligroso.

—¿Peligroso en qué sentido? —requiere Mikel.

—El hombre y la mujer estamos formados por el cuerpo, que todos vemos, y algo inmaterial que nos hace ser lo que somos, cómo pensamos, cómo reímos, cómo amamos, cómo odiamos, y que nos hace diferentes. Esta parte inmaterial unos la llaman espíritu y otros alma. Cuando fallecemos el cuerpo deja de cumplir su función y se convierte en un objeto inanimado. ¿Dónde está esa alma o ese espíritu, adónde van, desaparecen sin más?

»Como hemos comentado anteriormente las distintas culturas, incluida la nuestra, tienen la creencia de que migran a otro mundo, a un mundo espiritual, al más allá, al mundo de los muertos, ¿y si en ese proceso las almas atormentadas necesitan aferrarse a su cuerpo para iniciar un procedimiento de purificación, lo que en nuestra religión denominábamos purgatorio? Creo que nuestros antepasados intuían que la interferencia de los vivos podría acarrear graves problemas. De ahí la separación de ambos mundos.

Jon, que está escuchando con suma atención todo lo que el padre Damián relata, ve llegado el momento de hacer las preguntas clave.

—¿Dígame, profesor, qué cree usted que podría pasar en un caso hipotético en el que una deficiente cremación proyectara partículas del cuerpo del finado al aire?

—Si la persona fallecida tuviera un alma pura podría iniciar la migración de forma inmediata sin mayores consecuencias, lo que en el cristianismo determinamos como subir al Cielo, pero si el alma de la persona citada estuviera atormentada y el cuerpo hubiera desaparecido en la incineración, es probable que se aferrara a lo único que quedara disponible, que serían dichas partículas, hasta encontrar un cuerpo vivo donde anidar hasta completar su purificación.

Jon se tiene que agarrar fuertemente a la silla para no dar un bote. Con toda la calma posible, vuelve a preguntar:

—Y esa alma atormentada, ¿cómo anidaría en ese cuerpo y durante cuánto tiempo?

—Lo más probable es que pueda anidar en aquella persona cuyo propio espíritu o alma esté también atormentada o debilitada por problemas psicológicos, psiquiátricos, depresión, etc. El tiempo no se puede determinar *a priori*, dependerá de la propia fortaleza del espíritu del individuo para luchar y evacuar al ente extraño.

—Es decir, que durante un periodo de tiempo —resume Jon— esa persona no actúa como ella misma y no es consciente de sus actos.

—Efectivamente es lo que tradicionalmente se ha determinado como posesión diabólica, locura, brote psicótico, suicidio por depresión, etc.

Jon y Mikel apenas se mueven en sus asientos. Jon no sabe si lo que acaban de escuchar les ayudará en sus investigaciones, pero lo que es seguro es que da que pensar y reflexionar.

—Bueno, profesor, muchas gracias por sus aportaciones y comentarios, ha sido muy ilustrativo —comenta Jon—. No queremos robarle más tiempo, que seguro que tendrá otras ocupaciones.

—Gracias a ustedes por solicitar la colaboración de este viejo profesor. Cuando quieran pueden volver de nuevo, esta es su casa.

Acto seguido se ponen en pie y se despiden con un fuerte apretón de manos.

Al salir al exterior un golpe de calor los golpea en el rostro. Cálido, sí, pero menos que en días anteriores, parece que el tiempo poco a poco va cambiando. Durante el trayecto desde el despacho del profesor a la salida apenas han intercambiado alguna palabra, los dos permanecen absortos reflexionando sobre lo que acaban de escuchar. El tema del tiempo parece el más adecuado para evitar el silencio, lo que viene a llamarse conversación de ascensor.

—Parece que hace menos calor —comenta Mikel—. Ya iba siendo hora de volver a temperaturas más normales.

—Las previsiones del tiempo pronostican un cambio brusco. Bajada generalizada de temperaturas con posibilidad de tormentas —responde Jon.

—Pues con las semanas que hemos tenido de calor intenso, estas tormentas pueden ser súper tormentas, mire lo que sucede todos los años por el mes de septiembre en la costa del Mediterráneo.

—Sí, es cierto. Tendremos que estar muy atentos a las noticias.

Acabada la conversación del tema comodín, Mikel no puede aguantar más su curiosidad y se decide a preguntar.

—¿Qué le parece, jefe? Es sorprendente lo que nos ha comentado el viejo profesor, ¿cree usted que todo esto puede estar relacionado con lo que estamos investigando?

—No se puede afirmar con certeza, pero desde luego se parece bastante.

—¿Y qué podemos hacer? No me veo pidiendo el cierre de las instalaciones del tanatorio porque suponemos que los malos muertitos se escapan por la chimenea para provocar muertes y suicidios por la ciudad.

—Tienes toda la razón. Tenemos que pensar en algo para cerrar esas instalaciones, por si todo esto tiene alguna posibilidad de ser cierto. Hoy viernes a la tarde podemos estudiarlo en la comisaría, que estará todo más tranquilo y con menos posibilidades de que alguien escuche algo que no debe.

—Me parece perfecto jefe.

Sin comentar nada más llegan al vehículo, se adentran en él, arrancan y abandonan las instalaciones de la universidad.

CAPÍTULO XIV. A LA PUERTA DEL HADES

Toda la mañana la han ocupado realizando tareas cotidianas administrativas pendientes. Nada extraordinario. Al comenzar la jornada de tarde deciden reunirse para abordar el caso que más les preocupa.

—Bien, jefe, sigo pensando que la única salida viable es cerrar las instalaciones del tanatorio, o al menos el horno crematorio número tres.

—En eso estamos de acuerdo, pero ¿cómo lo hacemos? No tenemos ninguna autoridad para exigir dicho cierre. Ni tan siquiera podemos alegar que se está cometiendo un delito o el motivo por el que lo estamos investigando. Todas las informaciones que hemos recibido son personales y confidenciales, dudo mucho que esas personas estén dispuestas a declarar lo mismo en un interrogatorio oficial.

—¿Y una denuncia anónima? —propone Mikel.

—Ya sabes que ese tipo de denuncias tienen un tratamiento muy lento, la mayoría de las veces acaban en la papelera, y si prospera la trasladarán al departamento correspondiente de medioambiente del Gobierno Vasco, a partir de ese momento desconozco lo que podría pasar, pero lo que sí tengo claro es que los tiempos se alargarían considerablemente.

—Visto así, lo único que nos quedaría es cubrirnos con unos pasamontañas y una noche darle fuego.

—Créeme que comparto tu opinión, aunque obviamente no es viable. Tiene su gracia la idea esa de darle fuego a un crematorio.

La conversación es interrumpida por una llamada de teléfono. Mikel descuelga, habla unos instantes y vuelve a colgar.

—Jefe, me acaban de llamar de administración. Tenemos la orden de registro para el pabellón de los Renacidos. Parece ser que el juez la ha firmado a última hora de la mañana.

—Démonos prisa y prepara el operativo. Le vamos a dar una sorpresa a nuestro amigo el Profeta.

Tiempo después, numerosos coches patrulla rodean el pabellón siete del polígono industrial Kareaga. En su interior varios agentes escudriñan minuciosamente cada rincón. Jon y Mikel, situados en el centro del pabellón, observan los acontecimientos, no se habían equivocado, el llamado Profeta no era trigo limpio.

Dos compañeros sujetan al arrestado de camino al coche patrulla. Jon se dirige a ellos.

—¿Podéis dejarnos hablar un momento con el detenido? Solo será un instante.

—De acuerdo, inspector, pero que sea rápido que ya sabe que tenemos que cumplir con nuestras obligaciones.

—Sí, por supuesto, es solo un momento.

Los policías se apartan ligeramente para que el inspector y el subinspector puedan hablar con el detenido.

—¡Resulta que cuando se produce el arresto usted está en la cama con dos de sus «feligresas» más jóvenes! —se le encara Mikel.

—Serán jóvenes, pero no menores de edad. ¿Desde cuándo el amor está considerado como un delito? —responde el Profeta.

—Tiene razón, señor Rodríguez. Quizás pueda ser un tanto inmoral o perverso, pero no delictivo —interviene Jon—. Sin embargo, los alijos de droga encontrados en sus instalaciones sí son delito. Ahora me explico la financiación de su iglesia.

—Esa droga es para el consumo propio de los miembros de la Gran Familia de los Renacidos.

—¿Trescientos kilos? Lo tiene muy difícil para justificárselo al juez —le responde Mikel.

—Ahora bien —aprovecha la ocasión el inspector—, si usted ayudara a la Policía en sus investigaciones sobre las muertes de las últimas semanas contándonos todo lo que sabe, quizás pudiéramos interceder por usted ante el juez y reducir la posible condena.

El Profeta le dirige su mirada. Es una mirada de sorpresa y de profundo desprecio.

—Usted, inspector, no entiende nada. No está preparado. Aunque le contara lo que sé, sería como intentar enseñarle latín a un burro. ¿Cómo explicar el poder del Bien y del Mal divino a un agnóstico, a un ateo? Ha pasado y está a punto de volver a pasar.

Jon les hace una señal a sus compañeros para que acompañen al detenido al coche. El intento ha fracasado. Quizás sea locura, quizás sea inconsciencia, ¡qué más da!

Los policías vuelven a sujetar al Profeta, arrastrándolo hacia el vehículo. En ese instante el arrestado se gira ligeramente dirigiéndose a Jon:

—Inspector, se me olvidaba decírselo. La pasada noche su mujer Amaia me visitó en sueños. Me pidió que le dijera que las respuestas a sus preguntas son «sí» y «hasta el fin de los días». Ahora una aportación mía, gratis. Ustedes no saben cuidar a sus mujeres.

Los ertzainas le dan un empujón y esta vez sí consiguen llevárselo. Atrás se queda Jon paralizado, sin poder articular palabra. Mikel no comprende nada, aunque intuye que algo significativo acaba de suceder, no sabe lo que es, pero seguro que es relevante.

—¿Se encuentra bien, jefe? Vaya falta de respeto del tipo este. ¿A qué se refiere con lo de la pregunta? ¿Y lo de las mujeres?

—No tiene importancia, Mikel, tonterías de lunáticos y locos —responde recuperando el habla.

Sin embargo, se acuerda perfectamente del funeral de Amaia. Con la mano apoyada sobre su féretro, y los ojos inundados de lágrimas, le preguntaba mentalmente «Amaia, te he querido y te querré siempre. Si es verdad que hay un más allá, ¿me esperarás? ¿Me seguirás queriendo?».

En el exterior la luna le ha vencido al sol, la atmósfera se nota más cargada. Una sensación de pesadez, plomiza, anuncia que algo grande está a punto de pasar. El cielo se cubre de inmensas nubes negras, como si en su interior se alojara toda la lluvia acumulada y no descargada durante semanas. En la lejanía se escuchan los primeros truenos, los rayos iluminan la oscuridad. La tormenta se acerca.

El sonido de llamada de un teléfono móvil rompe esos ecos lejanos. Mikel se palpa la ropa y lo extrae de su bolsillo derecho, inicia una breve conversación que corta de forma abrupta.

—¡Jefe! Me acaba de llamar Juan González, el operario del tanatorio. Me ha estado llamando reiteradamente, pero con el móvil en silencio por el registro no he podido atenderle antes. Parece ser que tienen un cliente procedente de la prisión de los «especiales» para el horno número tres. Están preparándolo todo para su cremación.

—¿Le has dicho que lo paren? Que no realicen ninguna acción.

—Por supuesto, pero me comenta que no depende de él, que está su jefe y es quien decide.

—¡Vamos, rápido! Tenemos que intentar pararlo como sea.

Corren hacia el aparcamiento. Suben al coche, arrancan y aceleran quemando rueda como si se tratara de la salida de un gran premio.

Al llegar al tanatorio se bajan rápidamente del vehículo, atraviesan la puerta del vestíbulo. Nada más entrar observan a Juan González, que visiblemente nervioso los está esperando.

—Han tardado mucho, ¿dónde se han metido?

—Lo siento, no le he podido coger antes la llamada, estábamos en otro servicio. Díganos, ¿han podido parar la incineración? —pregunta Mikel alterado.

—No. Ha sido imposible. El jefe tenía mucha prisa en deshacerse del cuerpo. La incineración se ha llevado a cabo hace veinte minutos.

Los policías se encuentran profundamente decepcionados y frustrados. Su intento de paralizarlo no ha tenido éxito. Las consecuencias que traerá consigo son desconocidas, quizás con suerte ninguna, prefieren pensar así.

—Díganos al menos de quién se trataba —solicita Mikel.

—Les dejo los datos del expediente que hemos recibido junto con el cuerpo. No puedo darles más información. Me la estoy jugando.

—Nos hacemos cargo. Muchas gracias por todo —se lo agradece Jon.

El operario asiente con la cabeza, les entrega una carpeta con papeles, se gira sobre sus talones y con paso apresurado abandona el vestíbulo.

—¿Y ahora qué hacemos, jefe?

—Lo primero averiguar quién era el difunto y qué antecedentes tenía. Si estaba en prisión sería por algo. Solo espero que no fuera demasiado grave.

Profundamente preocupados, y con la angustia en el cuerpo, abandonan el edificio. Una vez en el coche utilizan la emisora para ponerse en contacto con la central.

—¡Central, central! Aquí el subinspector Mikel Zabala. Necesitamos información sobre un sujeto.

—Aquí la central. Buenas noches, subinspector, díganos, por favor, los datos del sujeto, nombre, apellidos y DNI.

—Se trata de Pedro García López, DNI 14 324...

En ese momento caen las primeras gotas. Primero lentamente, acariciando el cristal del parabrisas, después de forma torrencial, como si todo el agua de los océanos cayera del cielo. Truenos y rayos acompañan este diluvio formando la tormenta perfecta. La gota fría ya está aquí.

En el interior del coche se sienten seguros. Contemplan la tormenta con sentimientos ambivalentes, admirados por el espectáculo que ofrece la naturaleza y preocupados por la carga de destrucción que contiene en su interior.

—El sujeto Pedro García López tienen diversos arrestos por robo, hurto, agresión, tenencia y tráfico de drogas. Se sospecha que es el cabecilla de una organización criminal dedicada al tráfico de estupefacientes, aunque no ha podido ser probado. Actualmente está en prisión pendiente de juicio.

—Al menos estaba —comenta en voz baja Mikel—. Muchas gracias, central.

A ninguno de los dos les ha gustado lo que acaban de escuchar. Es el perfil de delincuente que en estos momentos no querían encontrar. Si lo que sospechan es real, este tal Pedro encaja como un guante en sus peores temores.

—¿Qué más dice el informe que nos ha entregado el técnico? —pregunta Jon.

Mikel abre la carpeta del expediente y revisa la información.

—Existen sospechas de que creó dentro de la cárcel una red para introducir drogas. La causa de la muerte la califican de accidente, puesto que parece ser que se rompió el cuello al caerse de la parte más alta de las escaleras. Una muerte sospechosa.

—Para mí no tiene nada de sospechosa. Está claro que es un ajuste de cuentas. Me temo lo peor.

—Estoy de acuerdo, jefe. Huele a asesinato desde lejos. ¿Qué vamos a hacer?

Jon permanece en silencio por unos instantes reflexionando sobre los pasos a seguir. Nunca antes se había encontrado en una situación parecida con un caso tan extraño.

—Supongamos que esta situación es similar a los casos que estamos investigando. Si esto es así, en estos momentos o hace poco tiempo habrá sucedido algún hecho violento. Puede ser que cualquier ciudadano haya sido testigo o al menos sospeche que algo raro está pasando y haya dado parte a la Policía. Vuelve a llamar a la central y pregunta si ha entrado alguna denuncia por hechos parecidos.

—¡Central, aquí el subinspector Mikel Zabala de nuevo!

—Aquí central. Diga, subinspector, cómo le podemos ayudar.

—Necesitaría saber si en la última hora han recibido denuncias por actos violentos en las zonas próximas a la Feria de Muestras de Barakaldo.

—Recibido. Espere unos segundos.

Los segundos se les hacen eternos. En la calle la lluvia cae como una enorme cortina de agua. Por fin, la emisora responde.

—¿Subinspector?

—Sí, le escucho.

—Hemos recibido la denuncia de un altercado en una vivienda. Un vecino ha denunciado la existencia de gritos y fuertes ruidos en lo que parece ser una presunta violencia de género.

—¿Cuál es la dirección en la que se han producido los hechos?

—Calle Lehendakari Aguirre 12, 5.º B.

A Mikel esa dirección le suena. Con la mano tapa el micrófono con el que habla con la central.

—¡Jefe, esa es la dirección de Iker, el novio de Ane!

—¿Cómo sabes tú cuál es la dirección del novio de Ane?

—Recuerde que no hace mucho le investigué porque no me fiaba y entre otros datos suyos obtuve la dirección de su domicilio.

—Sí, me acuerdo que hablamos de eso. Pero Ane vive en Bilbao.

—Vivía en Bilbao hasta que hace unas semanas decidió compartir piso con su novio Iker en su domicilio de Barakaldo.

En esos momentos Jon comprende la preocupación de Mikel. Ane puede estar en peligro.

—Central, ¿han enviado alguna patrulla a cubrir la denuncia?

—De momento no ha sido posible. Tenemos la mayoría de las patrullas empantanadas en las inundaciones que se están produciendo en algunas calles. En cuanto se libere una la enviaremos a cubrir la denuncia.

—No se preocupe, central. Nosotros estamos muy próximos y nos acercamos a cubrir el incidente.

—De acuerdo. Tomamos nota de que ustedes cubrirán la denuncia. Buena suerte.

En la mente del inspector resuenan como un trueno las últimas palabras que el Profeta les dirigió, «ustedes no saben cuidar a sus mujeres». Sin despedirse tan siquiera de la central el coche del inspector Jon Urrutia atraviesa velozmente las calles de Barakaldo en dirección a la vivienda de Iker, sin que inundación alguna pueda detenerlo.

***

A los pocos minutos el coche se detiene sobre la acera del número 12 de la calle Lehendakari Aguirre. Descienden rápidamente del vehículo y sin cerrar sus puertas se abalanzan sobre el portero automático, llamando insistentemente al domicilio de Iker. No obtienen respuesta, prueban suerte con el 5.º A, el vecino que ha interpuesto la denuncia. Tras unos segundos de agónica espera el interfono responde

—Sí, ¿quién es?

—¡Somos la Ertzaintza! ¡Ábranos, por favor!

—Menos mal, pensaba que ustedes ya no iban a venir. Ahora mismo les abro.

Se escucha un sonido metálico y la puerta se abre. Entran rápidamente, dirigiéndose Mikel hacia el ascensor.

—¡No, Mikel, al ascensor no, vamos por las escaleras!

A Mikel le entran unas ganas enormes de agarrar a su jefe del cuello y apretar hasta juntarle la nuez con el cogote, «también en estos momentos tiene que venir con sus manías y fobias. Cuando la vida de Ane se encuentra en peligro», por no discutir y perder tiempo decide seguirlo por las escaleras sin decir palabra.

A la altura del tercer piso, cuando a Mikel el corazón está a punto de salírsele del pecho, un enorme trueno resuena sobre el edificio como si fueran las mismas trompetas de Jericó. El apagón es inmediato. La obscuridad absoluta. Por una vez tiene que agradecer a su jefe sus fobias. Si no llega a ser por ellas en estos momentos se encontrarían atrapados en el ascensor. Encienden las pequeñas linternas que llevan en el bolsillo y continúan subiendo las escaleras.

Por fin llegan al quinto piso. No pueden hablar, apenas respirar. Necesitan unos momentos para recobrar el aliento. Recuperados, pulsan el timbre y golpean la puerta de Iker. Llaman a gritos a Ane para que les abra. Silencio absoluto, nadie responde, la puerta no se abre.

—¡Voy a tirar la puerta! —grita Mikel con desesperación.

Da unos pasos hacia atrás para coger impulso y abalanzarse sobre ella, cuando la puerta del vecino se abre lentamente. La imagen borrosa de un hombre en chándal, apenas iluminado con la luz que proyecta un teléfono móvil, aparece en el umbral, más parece un fantasma que un ser humano.

—¿Ustedes son de la Ertzaintza? ¿Han venido por mi denuncia?

—Efectivamente, somos de la Ertzaintza y ahora apártese que vamos a tirar la puerta —responde Mikel.

—¿Tirar la puerta? No es necesario. Tengo la llave.

—¿Tiene la llave?

—Sí, yo tengo su llave y el vecino tiene la mía por si algún día se nos cierra la puerta o se nos olvida cogerlas antes de salir. Así evitamos llamar al cerrajero.

—¡Denos la llave rápidamente, por favor! ¿Qué es lo que ha sucedido para que usted nos llamara?

—Oí gritos, una gran discusión y luego ruidos como de cosas rotas que se caen al suelo o que se arrojan, usted ya me comprende. Debo tener la llave por aquí.

El vecino busca la llave en el cajón de un pequeño mueble recibidor colocado a la entrada de su piso. Dentro del cajón se apilan multitud de papeles y sobres, lo que, unido a la pequeña luz que emite el móvil, no hace nada fácil su localización. Mikel está a punto de tirar todo su contenido junto con el propio cajón al suelo. No puede esperar más.

—¡Aquí está! Ya sabía yo que la tenía —exclama el vecino eufórico.

Mikel se la arrebata de la mano con un brusco tirón y se abalanza sobre la puerta. Con varios giros consigue abrirla. El piso se encuentra en la más absoluta obscuridad. La única luz que en esos momentos se puede percibir es la proyectada desde la entrada por las linternas de los policías. El silencio es absoluto, no se escucha ningún ruido excepto el de la lluvia golpeando en los cristales.

Desde la entrada vislumbran entre penumbras un largo pasillo flanqueado por habitaciones y al fondo lo que probablemente sea el salón. Entran sigilosamente iluminando con las linternas cualquier rincón que aparece en su camino. Jon revisa las habitaciones de la derecha, Mikel las situadas a la izquierda. Todo aparenta ser normal. Cuando llegan a la cocina descubren platos rotos y utensilios desperdigados por el suelo. Parece indicar que es el escenario de una pelea, o al menos una discusión subida de tono. No les gusta, su preocupación aumenta.

Llegan a la última habitación, el salón. Están en la puerta a punto de entrar cuando un tremendo relámpago la ilumina como si fuera el día más luminoso del verano. Y entonces lo ven.

El fogonazo de luz ha durado un instante. Tiempo suficiente para ver con toda claridad algo fantasmagórico, algo sobrenatural, algo inexplicable. Cuando la obscuridad vuelve a cubrir la habitación, Jon y Mikel dirigen los haces de luz de sus linternas hacia ese lugar. Necesitan más información, necesitan comprender lo que creen que han visto.

Sobre el suelo del salón se encuentra depositado un cuerpo boca arriba. Cubierto completamente de sangre, una enorme abertura lo recorre longitudinalmente, absolutamente irreconocible. Arrodillado a su lado, otro cuerpo igualmente cubierto de sangre e irreconocible introduce sus manos por la abertura. Extrae parte de sus vísceras y aún humeantes se las lleva a la boca y las devora.

Jon no puede soportar esta visión y tiene que retirar la mirada. Mikel se escapa corriendo de la habitación vomitando en el paragüero que ha visto a la entrada. Si el infierno existe, ellos lo acaban de ver.

CAPÍTULO XV. EL HOSPITAL

—Buenos días. Quisiéramos hablar un momento con el Sr. José Luis Rementería. Si hace el favor de avisarle de nuestra presencia.

La recepcionista del tanatorio levanta la mirada de la pantalla de su ordenador. Los observa algo perpleja, sorprendida.

—Disculpen, pero ¿tienen cita con el Sr. Rementería?

—No nos hace falta —comenta Jon al tiempo que muestra su placa de la Ertzaintza—. Es una visita oficial.

—Entiendo. Esperen un momento, por favor.

La recepcionista descuelga el teléfono y marca un número. Intercambia unas breves palabras con su interlocutor y vuelve a colgar el teléfono.

—El señor Rementería les recibirá inmediatamente. ¿Saben dónde se localiza su despacho?

—Sí, no se preocupe. Conocemos el camino.

Jon y Arantza se despiden amablemente de la recepcionista y toman el camino del despacho del director del tanatorio Rementetxea SL. En pocos minutos se encuentran cómodamente sentados frente al Sr. Rementería. No parece muy contento de contar con la presencia de los visitantes, se aprecia que realiza verdaderos esfuerzos para ser amable. El inspector tampoco se encuentra en su mejor momento después de todo lo acontecido el día anterior, además en toda la noche no ha podido dormir diez minutos seguidos. Todo indica que la reunión no será tan amigable como la anterior.

—¡Inspector Jon Urrutia! Me alegra verle de nuevo. Dígame, ¿en qué podemos ayudarle esta vez?

—Yo también me alegro de verle, Sr. Rementería. No pretendemos entretenerle mucho tiempo, sabemos que es un hombre ocupado. ¿Se acuerda de nuestra última reunión, en la que nos iban a informar de cualquier circunstancia inusual o anormal de la que tuvieran constancia?

—Sí, me acuerdo perfectamente. Lo que sucede es que no hemos detectado ninguna de las circunstancias a las que usted se refiere. En caso de haber tenido constancia de algo parecido inmediatamente se lo hubiéramos hecho saber.

—Entonces el que el tanatorio tenga averiado su horno crematorio número tres, y a pesar de ello se sigan realizando incineraciones nocturnas con emisión a la atmósfera de todo tipo de partículas, ¿no le parece relevante?

El semblante del director del tanatorio cambia de expresión y de color. Da la impresión de mostrarse enormemente sorprendido y terriblemente enojado.

—¿De dónde han sacado esa información? Es absolutamente falso, es más, diría que calumnioso —replica totalmente ofendido.

—Entonces todos estos testimonios, datos de personas incineradas, fechas, horas, etc., ¿son falsos? —Jon arroga un dosier sobre la mesa—. Puede quedarse con él, es una copia.

Rementería toma el dosier, lo abre, echa un pequeño vistazo a las primeras hojas y lo cierra.

—Esta es información interna de la empresa protegida por la Ley de Protección de Datos, supongo que tendrán una orden judicial para haber realizado todas estas averiguaciones.

—Digamos que son investigaciones preliminares antes de averiguar que se está cometiendo un delito, en este caso medioambiental —responde Jon.

—Da igual qué tipo de investigación estén ustedes realizando. Necesitan una orden judicial para según qué cosas. Pondré este asunto en manos de mis abogados. No creo que tenga mucho recorrido una demanda judicial, y en todo caso para cuando salga la sentencia en firme después de los recursos y apelaciones habrán trascurridos unos cuantos años —contraataca el empresario visiblemente enojado.

—Le sería más fácil si cerrara la unidad número tres por si tuviera una inspección medioambiental provocada por la denuncia.

El empresario se siente fuerte, su posición está segura. Sabe que han cometido un enorme error al no tener un respaldo judicial en sus investigaciones.

—Mire, señor Urrutia, en la unidad tres damos salida a los contratos con ciertas administraciones públicas. Si por cualquier causa nos viéramos obligados a cerrar el perjuicio económico sería enorme. Estamos dispuestos a correr el riesgo de una sanción medioambiental, que recurriríamos y recurriríamos.

—¿Y tampoco teme a la opinión pública? —pregunta Arantza, que hasta ese momento no ha participado en la conversación.

—Perdone, pero no entiendo bien la pregunta. A todo esto, ¿usted quién es? ¿No es la compañera del señor Urrutia?

—Lo siento, no les he presentado —interviene Jon, exhibiendo una ligera sonrisa—. Le presento a la señora Arantza Uriarte, periodista.

—¿Periodista? —pregunta inquieto.

—Sí, periodista. Tengo que informarle de que yo también tengo una copia del expediente y pienso publicarlo a nivel local y nacional. Como usted sabe, como periodista no tengo que revelar las fuentes de la información y si me demandan por el artículo publicado va a ser muy interesante ver cómo intentan desmontar unos hechos que son ciertos, incluida la exposición pública de cantidad de documentos. Mientras dure el proceso su empresa estará presente en las primeras páginas de todos los medios de comunicación como autora de un delito medioambiental.

Se siente otra vez atrapado. No se le ocurre cómo va a poder salir de este lío.

—Tal y como yo lo veo tiene dos opciones —propone Jon—. Si sigue adelante corre el riesgo de no solo tener que cerrar la unidad tres, sino también el tanatorio completo. Además del grave perjuicio para otras instalaciones que la empresa posee en otras localidades. Sin embargo, si procede al cierre de la unidad tres, a su reparación y puesta a punto, cerrará únicamente dicha unidad, es cierto que perderá esos ingresos durante ese periodo, pero estoy seguro de que más pronto que tarde los podrá recuperar.

Rementería permanece callado. Jon observa como mentalmente está sopesando las posibilidades y opciones. Tras unos instantes de profunda reflexión, empujado por las circunstancias, expone su decisión muy a su pesar:

—De acuerdo, procederemos al cierre de la unidad tres, que oficialmente será por cuestiones de mantenimiento. Comunicaremos a la prensa esta situación como señal inequívoca de la importancia que tiene para esta empresa el mantenimiento del medioambiente. Pero con la condición de que la señora Uriarte no publique nada de lo tratado en esta reunión, ni ahora ni en un futuro —accede finalmente de mala gana.

—Por nuestra parte estamos ambos conformes —asienten Jon y Arantza—, pero con la condición de que el cierre sea inmediato, hoy mejor que mañana. Si no se cumplen las bases del acuerdo sabe que nos enteraremos.

—No se preocupen, así se hará. Separ también que si ustedes no cumplen su parte del acuerdo nos encargaremos de enterrarles en procesos judiciales. Ahora, si no tienen más asuntos que tratar, damos por terminada la reunión, tengo trabajos pendientes que debo abordar con urgencia.

El inspector y su acompañante se levantan de sus asientos. Estrechan la mano del empresario en un saludo cortés, frío y protocolario y sin más salen de su despacho. Tienen la absoluta confianza de que se respetará el acuerdo, las consecuencias de no respetarse serían muy graves para Rementetxea SL.

***

«¿Qué me pasa? ¿Por qué no puedo abrir los ojos? Los párpados me pesan como losas. ¿Esa pequeña luz al final del túnel será la salida?».

Las sombras se aclaran poco a poco, los objetos emergen lentamente tras la penumbra. «¿Dónde estoy? ¿Esto es una cama? ¿Esa cara que se acerca es la de Mikel?».

—¿Ane, estás despierta? ¿Me puedes oír? ¿Cómo te encuentras?

Ane abre los ojos. Su mirada es confusa, perdida. Tarda unos instantes en calmarse.

—¿Dónde estoy? ¿Qué ha pasado?

—Estás en el hospital. Has sufrido un percance. ¿Me puedes contar lo que recuerdas?

Hace todo lo posible por abrir el armario de la memoria, pero no es fácil. Con mucho esfuerzo las imágenes regresan lentamente.

—Recuerdo que estábamos Iker y yo en un restaurante de Bilbao. En la cena me propuso que nos casáramos y nos fuéramos a vivir a Gernika. Le respondí que no lo veía claro, que lo había pensado mucho y creía que en el fondo no éramos compatibles. Que nuestras ideas sobre la vida y el futuro son opuestas. Traté de convencerle, por todos los medios, de que era mejor para los dos que cada uno siguiera su propio camino, quedar como amigos.

—¿Cómo se lo tomó Iker? Esa respuesta le sorprendería totalmente.

—No lo entiende. No quiere aceptarlo. Pero yo tengo la decisión tomada.

—¿Cómo reaccionó?

—Se puso muy nervioso e incluso fue elevando la voz hasta molestar al resto de comensales. Llegados a este punto decidimos continuar la conversación en casa.

—Me puedo imaginar que el viaje de vuelta no sería nada cómodo.

Ane hace una pequeña pausa. Continua esforzándose por recordar.

—Apenas hablamos. Al llegar a casa tratamos de comportarnos de forma más civilizada. Intentó persuadirme, me lo pidió por favor. Procuré convencerle de que esa decisión era mejor para los dos. Que nos íbamos a hacer mucho daño mutuamente si nos obligábamos a vivir de una forma que no sentíamos. Que era un sufrimiento hoy, pero mucho menos que un sufrimiento para el resto de nuestras vidas.

—Supongo que Iker no cedería tampoco.

—Se puso cada vez más nervioso, levantando la voz para dar más fuerza a sus argumentos. Yo también estaba muy nerviosa. En un intento de disminuir la tensión salí al balcón a tranquilizarme, sentía una fuerte opresión en el pecho que me impedía respirar con normalidad. Estaría fuera aproximadamente diez minutos hasta que se puso a llover.

»Al regresar al piso creía que la situación estaba más calmada, pero nada más lejos de la realidad. En la cocina, mientras me estaba preparando una infusión, apareció Iker un poco más nervioso si cabe, gritos, agarrones… Y ya no recuerdo nada. La siguiente imagen que tengo es en esta cama. ¿Qué ha pasado? ¿Dónde está Iker?

***

El inspector camina despacio por el pasillo del ala psiquiátrica del hospital. Los acontecimientos de los últimos días le han restado fuerzas y se encuentra cansado, pero también con ánimos. Ahora tiene las ideas claras, está convencido de lo que tiene que hacer.

Las distintas habitaciones se distribuyen a ambos lados del corredor. Al fondo, en la última, un ertzaina custodia la puerta. Mikel dialoga de forma distendida con él, alza la mirada y al ver a su superior se dirige a su encuentro.

—Egun on, jefe, ¿qué tal ha dormido?

—Egun on, Mikel. Digamos que he pasado noches mejores. ¿Tú qué tal? ¿Has podido descansar?

—Nada. He pasado toda la noche aquí sentado en una silla.

—Entiendo por qué no has podido dormir. ¿Cómo se encuentra? ¿Se ha despertado?

—La mayor parte del tiempo lo pasa dormida por la sedación, aunque ha tenido un breve periodo de consciencia y he podido hablar con ella.

—Bien, cuéntame lo que te ha dicho con todo detalle.

Mikel relata todo lo que ha escuchado de sus labios. A Jon le recuerda mucho a lo que han oído investigando los últimos sucesos. Una agresión brutal, un agresor que en principio no daría el perfil adecuado para estos ataques, amnesia posterior del agresor, coincidencia en tiempo y lugar con la cremación de cuerpos de personas «especiales» en el horno número tres del tanatorio Rementexea, exposición al aire libre... Demasiadas coincidencias para que sean casualidades.

No sabía si el padre Santiago tenía razón en todo lo que les había contado, pero estaba claro que había que tenerlo en cuenta. Por su parte, ya estaba tomando las primeras precauciones.

—¿Sabe algo Ane de lo ocurrido en ese piso? ¿Se le ha informado de lo sucedido? —pregunta el inspector.

—No, de momento no sabe nada. Nos pregunta por Iker. Se extraña que no venga a verla.

—¿Y qué explicación se le ha dado?

—Le hemos dicho que han sufrido una agresión en casa por unos ladrones y que Iker también se está recuperando de las lesiones, que no es grave y en poco tiempo vendrá a visitarla. Según el consejo de los psiquiatras debemos suministrar la información poco a poco para que lo vaya asimilando. Tenemos esperanzas de que la medicación también ayude en este proceso. Va a ser difícil asumir que ha matado a su pareja.

El inspector escucha a Mikel con mucha atención. Está de acuerdo con él, va ser muy difícil superar la muerte de su novio, y más difícil aún asimilar el acto de antropofagia cometido con su cuerpo. Es para perder la cordura.

—Ane va a pasar por unos días muy malos, meses e incluso años para superar todo esto. Pero yo tengo confianza, es una mujer fuerte y de buenos sentimientos, seguro que su alma blanca se impondrá sobre las tinieblas. Necesitará mucho apoyo y ayuda —piensa Jon en voz alta.

—Por eso no se preocupe, jefe. Yo voy a estar siempre a su lado. No me voy a separar de ella. La quiero mucho como para perderla.

Jon contempla con cariño la cara de Mikel. Observa el enorme esfuerzo que su amigo tiene que realizar para contener esas dos lágrimas que asoman en sus ojos. Realmente la quiere.

—Ane tiene mucha suerte de contar contigo, después de todo también es una mujer afortunada por contar con un amor tan incondicional. ¿Sabes si ella siente lo mismo?

—No me importa. Lo que yo quiero es que se recupere, que esté bien y cuando esté fuerte y pueda valerse por sí misma que decida libremente. No voy a pedirle nada a cambio.

—Lo dicho, un amor incondicional es un gran amor, un amor que no pide compensaciones.

Jon se adelanta un paso abrazándose con Mikel. Él lo necesita, lo agradece, necesita que un amigo lo acompañe y lo dé fuerzas. Permanecen abrazados durante un breve instante separándose lentamente, mirándose a los ojos, sin palabras, no son necesarias.

Un breve silencio sigue a este momento, roto cuando Mikel lanza la siguiente pregunta:

—¿Y ahora qué, jefe? ¿Qué vamos a hacer? ¿Cómo vamos a cerrar ese tanatorio?

—Por ese tema no te preocupes, ya está arreglado.

La faz de Mikel muestra sorpresa y asombro ante esta afirmación tan rotunda. No puede entender nada, ¿cómo es posible?

—Lo siento, jefe, pero no entiendo nada. ¿Cómo que está arreglado? ¿Qué ha hecho?

—Te acuerdas de que no encontrábamos la manera de proceder. Que el camino oficial lo encontrábamos largo y poco seguro. Encontré la manera de sortear estas dificultades.

Mikel lo observa, reflejando en su cara una expresión interrogativa.

—¿De qué manera?

—Ahora no es el momento, ya te lo contaré. Centrémonos en lo importante, que Ane se recupere lo antes posible.

Mikel respira aliviado. Parece que todo este mal sueño ha terminado. Ahora podrá descansar y dedicarse a su cuidado.

—Y usted, jefe, ¿cómo está?

—Cansado, pero extrañamente sereno, como no lo había estado desde hace mucho tiempo.

Los acontecimientos de las últimas semanas le han cambiado su visión. Ha sentido el calor y la compañía de Amaia. Ha comprendido que la separación entre los vivos y los muertos no es definitiva, «una persona no muere del todo mientras esté presente en sus seres queridos. La despedida de Amia no fue un adiós, sino un hasta luego». Al final, y aunque le cueste, tiene que darle la razón al Profeta, «no estaba preparado».

—No puedo creer que todo esto haya finalizado. ¿Qué le va a informar a la comisaria sobre las investigaciones? ¿Va a dar los casos por cerrados?

—¡Sí! Voy a aceptar la versión oficial y confirmar que son hechos aislados producto de enajenaciones mentales transitorias, sin ninguna conexión. No podemos hacer otra cosa, nadie se creería lo que hemos vivido los últimos días. Si mantenemos nuestras presunciones podemos acabar en la habitación contigua a la de Ane.

—Estoy de acuerdo, jefe. Por fin toda esta pesadilla ha llegado a su fin.

—¡Pues sí y… no!

—¿Cómo que sí y no? ¿Qué quiere decir?

—Que han terminado los riesgos provocados por las instalaciones del tanatorio. Pero si eso ha pasado una vez ¿cómo podemos estar seguros de que no va a volver a pasar, en este sitio o en otro cualquiera?

Mikel permanece pensativo, no había previsto estas nuevas posibilidades.

—Esta reflexión la he comentado con Arantza, la periodista, y está de acuerdo. Hemos decidido que vamos a permanecer vigilantes, ella desde el ámbito periodístico y yo desde el policial, por si aparece cualquier hecho que nos infunda sospechas. Investigar, descubrir y taponar la brecha de salida del más allá. Seremos el can Cerbero.

—Entiendo lo que me dice, jefe, pero no acabo de ver la analogía con un portero de fútbol. No me parece el tema más apropiado para tomárselo a guasa.

—No, Mikel. Me refiero al can Cerbero. El perro Cerbero, el que según la mitología griega era el perro del dios Hades que guardaba la puerta del Inframundo para que los vivos no pudieran entrar y los muertos no pudieran salir.

—Visto así, me parece muy apropiado. Si le parece bien, a mí también me gustaría participar en ese grupo. Hasta tenemos nombre, el grupo Cancerbero. Estoy seguro de que cuando Ane se recupere del todo también querrá participar.

—No lo dudaba. Sabía que no podrías permanecer al margen. En cuanto a Ane, lo primero es que se recupere completamente, y luego si ella lo desea será muy bien recibida.

Ambos se dan un fuerte apretón de manos sellando el contrato que acaban de formular.

—Bueno, me tengo que ir —se despide Jon—. Dale un fuerte abrazo a Ane cuando se despierte, o mejor aún, dale un fuerte beso de mi parte, que seguro que eso te gustará más.

—No lo dude, jefe. Le daré un fuerte beso de su parte y un beso aún más fuerte de la mía. —Sonríe Mikel con cara de picardía.

—¡Agur, Mikel!

—¡Agur, inspector!

Jon se gira y, volviendo sobre sus pasos, abandona lentamente el ala psiquiátrica del hospital.

EPÍLOGO

Pocos años más tarde me presenté a las oposiciones de la Ertzaintza, una vez aprobadas llegó la formación en la academia de Arkaute. Actualmente soy una miembro más del cuerpo.

Mis primeros años de prácticas los realicé en diferentes destinos. Al poco tiempo, mi aita se jubiló pasando yo a formar parte del equipo del nuevo inspector Mikel Zabala. Una noche de servicio, en compañía del inspector mientras nos tomábamos un café, me relató todos los acontecimientos expuestos. En un primer momento no me lo podía creer, tampoco podía entender cómo mi padre no me había contado nada de todo esto. Quizás su intención fuera protegerme. Inmediatamente me apunté al grupo Cancerbero sin dudarlo.

Ahora el grupo lo formamos Mikel, Ane, que se recuperó aceptablemente de su experiencia traumática, Arantza, la periodista, mi padre y yo. Mi aita, aunque está jubilado, no ha querido abandonar el grupo, ha cambiado las visitas a las obras del municipio por las investigaciones privadas de aquellos acontecimientos que puedan parecer sospechosos, yo creo que trabaja más que nunca.

Nuestra labor es silenciosa, anónima, no reconocida…, pero no nos importa. Estamos contentos y orgullosos de velar por la

seguridad y el bienestar de nuestros hijos, familiares, amigos...,
de todos.

MAITANE

GLOSARIO

El presente glosario refleja palabras procedentes del euskera como ayuda a aquellos lectores/as poco o nada familiarizados con la lengua vasca.

—Agur: adiós.

—Aita: padre.

—Aurresku: danza vasca de homenaje o reverencia.

—Egun on: buenos días.

—Ertzaina: agente del cuerpo de la Ertzaintza.

—Ertzaintza: cuerpo policial del País Vasco (Euskadi).

—Eskerrik asko: muchas gracias.

—Gabon: buenas noches.

—Kaixo: hola.

—Txistulari: persona que toca el txistu (flauta de tres agujeros) habitualmente acompañado de un tamboril.

ÍNDICE